DU MÊME AUTEUR

Aux Éditions Gallimard

INVERSION DE L'IDIOTIE, roman, 2002.
ENTRE LES OREILLES, roman, 2002.
LE POTENTIEL ÉROTIQUE DE MA FEMME, roman, 2004 («Folio», n° 4278).
QUI SE SOUVIENT DE DAVID FOENKINOS ?, roman, 2007.
NOS SÉPARATIONS, roman, 2008 («Folio», n° 5001).
LA DÉLICATESSE, roman, 2009 («Folio», n° 5177).
LES SOUVENIRS, roman, 2011 («Folio», n° 5513).
JE VAIS MIEUX, roman, 2013 («Folio», n° 5785).

Aux Éditions Flammarion

EN CAS DE BONHEUR, roman, 2005 («J'ai Lu», n° 8257).
CÉLIBATAIRES, théâtre, 2008.
LA TÊTE DE L'EMPLOI, roman, 2013 («J'ai Lu»).

Aux Éditions Grasset

LES CŒURS AUTONOMES, roman, 2006 («Livre de Poche», n° 32650).

Aux Éditions Plon

LENNON, 2010 («J'ai Lu», n° 9848).

Aux Éditions Albin Michel Jeunesse

LE PETIT GARÇON QUI DISAIT TOUJOURS NON, en collaboration avec Soledad Bravi, 2011.
LE SAULE PLEUREUR DE BONNE HUMEUR, en collaboration avec Soledad Bravi, 2012.

CHARLOTTE

DAVID FOENKINOS

CHARLOTTE

roman

GALLIMARD

Celui qui, vivant, ne vient pas à bout de la vie, a besoin d'une main pour écarter un peu le désespoir que lui cause son destin.

KAFKA,
Journal, 19 octobre 1921.

Ce roman s'inspire de la vie de Charlotte Salomon.
Une peintre allemande assassinée à vingt-six ans, alors qu'elle était enceinte.
Ma principale source est son œuvre autobiographique : *Vie? ou Théâtre?*

PREMIÈRE PARTIE

1

Charlotte a appris à lire son prénom sur une tombe.

Elle n'est donc pas la première Charlotte.
Il y eut d'abord sa tante, la sœur de sa mère.
Les deux sœurs sont très unies, jusqu'à un soir de novembre 1913.
Franziska et Charlotte chantent ensemble, dansent, rient aussi.
Ce n'est jamais extravagant.
Il y a une pudeur dans leur exercice du bonheur.
C'est peut-être lié à la personnalité de leur père.
Un intellectuel rigide, amateur d'art et d'antiquités.
À ses yeux, rien n'a davantage d'intérêt qu'une poussière romaine.
Leur mère est plus douce.
Mais d'une douceur qui confine à la tristesse.
Sa vie a été une succession de drames.
Il sera bien utile de les énoncer plus tard.

Pour l'instant, restons avec Charlotte.
La première Charlotte.
Elle est belle, avec de longs cheveux noirs comme des promesses.

C'est par la lenteur que tout commence.

Progressivement, elle fait tout plus lentement : manger, marcher, lire.

Quelque chose ralentit en elle.

Sûrement une infiltration de la mélancolie dans son corps.

Une mélancolie ravageuse, dont on ne revient pas.

Le bonheur devient une île dans le passé, inaccessible.

Personne ne remarque l'apparition de la lenteur chez Charlotte.

C'est bien trop insidieux.

On compare les deux sœurs.

L'une est simplement plus souriante que l'autre.

Tout au plus souligne-t-on, ici ou là, des rêveries un peu longues.

Mais la nuit s'empare d'elle.

Cette nuit qu'il faut attendre, pour qu'elle puisse être la dernière.

C'est un soir si froid de novembre.

Alors que tout le monde dort, Charlotte se lève.

Elle prend quelques affaires, comme pour un voyage.

La ville semble à l'arrêt, figée dans un hiver précoce.

La jeune fille vient d'avoir dix-huit ans.

Elle marche rapidement vers sa destination.

Un pont.

Un pont qu'elle adore.

Le lieu secret de sa noirceur.

Elle sait depuis longtemps qu'il sera le dernier pont.

Dans la nuit noire, sans témoin, elle saute.

Sans la moindre hésitation.

Elle tombe dans l'eau glaciale, faisant de sa mort un supplice.

On retrouve son corps au petit matin, échoué sur une berge.

Complètement bleu par endroits.

Ses parents et sa sœur sont réveillés par la nouvelle.

Le père se fige dans le silence.
La sœur pleure.
La mère hurle sa douleur.

Le lendemain, les journaux évoquent cette jeune fille.
Qui s'est donné la mort sans la moindre explication.
C'est peut-être ça, le scandale ultime.
La violence ajoutée à la violence.
Pourquoi?
Sa sœur considère ce suicide comme un affront à leur union.
Le plus souvent, elle se sent responsable.
Elle n'a rien vu, rien compris à la lenteur.
Elle avance maintenant la culpabilité au cœur.

2

Les parents et la sœur n'assistent pas à l'enterrement.
Dévastés, ils se terrent.
Ils sont sûrement un peu honteux aussi.
Le regard des autres est à fuir.

Quelques mois passent ainsi.
Dans l'impossibilité de prendre part au monde.
Une longue période de mutisme.
Parler, c'est risquer d'évoquer Charlotte.
Elle se cache derrière chaque mot.
Seul le silence peut soutenir la marche des survivants.
Jusqu'au moment où Franziska pose un doigt sur le piano.
Elle joue un morceau, chante doucement.

Ses parents s'approchent d'elle.
Et se laissent surprendre par cette manifestation de vie.

Le pays entre en guerre, et c'est peut-être mieux.
Le chaos est le juste décor à leur douleur.
Pour la première fois, le conflit est mondial.
Sarajevo fait tomber les empires du passé.
Des millions d'hommes se précipitent vers leur fin.
L'avenir se dispute dans de longs tunnels creusés dans la terre.
Franziska décide alors de devenir infirmière.
Elle veut soigner les blessés, guérir les malades, réanimer les morts.
Et se sentir utile, bien sûr.
Elle qui vit chaque jour avec le sentiment d'avoir été inutile.
Sa mère est effrayée par cette décision.
Cela provoque des tensions et des disputes.
Une guerre dans la guerre.
Rien à faire, Franziska s'engage.
Et se retrouve proche des zones dangereuses.
Certains la jugent courageuse.
Elle n'a simplement plus peur de la mort.

Au cœur des combats, elle rencontre Albert Salomon.
C'est l'un des plus jeunes chirurgiens.
Il est très grand et très concentré.
Un de ces hommes qui, même immobiles, semblent pressés.
Il dirige un hôpital de circonstance.
Sur le front, en France.
Ses parents étant morts, la médecine lui tient lieu de famille.
Obnubilé par sa tâche, rien ne le détourne de sa mission.
Il semble peu attentif aux femmes.
Tout juste a-t-il remarqué la présence d'une nouvelle infirmière.
Elle ne cesse pourtant de lui adresser des sourires.

Heureusement, un événement modifie l'histoire.
En pleine opération, Albert éternue.
Son nez coule, il doit se moucher.
Mais ses mains examinent les boyaux d'un soldat.
Franziska approche alors un mouchoir.
C'est à cet instant précis qu'il la regarde, enfin.

Un an plus tard, Albert prend son courage à deux mains.
Ses deux mains de chirurgien.
Et va voir les parents de Franziska.
Ils sont si froids qu'il en perd ses moyens.
Pourquoi est-il venu déjà?
Ah oui… demander leur fille… en ma… riage…
Demander quoi? grogne le père.
Il ne veut pas pour gendre de ce grand échalas.
Il ne mérite sûrement pas d'épouser une Grunwald.
Mais Franziska insiste.
Elle dit qu'elle est très amoureuse.
Difficile d'en être certain.
Mais elle n'est pas du genre à faire des caprices.
Depuis la mort de Charlotte, la vie est réduite à l'essentiel.

Les parents finissent par céder.
Ils forcent leur caractère pour se réjouir un peu.
Pour renouer avec le sourire.
Ils vont jusqu'à acheter des fleurs.
Il y a si longtemps qu'on n'a pas vu de couleurs dans leur salon.
C'est une forme de renaissance par les pétales.
Pourtant, au mariage, ils affichent des mines d'enterrement.

3

Dès les premiers jours, Franziska reste seule.
Pourquoi appelle-t-on cela *la vie à deux*?
Albert est reparti pour le front.
La guerre s'enlise, paraît éternelle.
C'est une boucherie dans les tranchées.
Pourvu que son mari ne meure pas.
Elle ne veut pas être veuve.
Déjà qu'elle est...
Tiens, quel est le mot utilisé quand on perd sa sœur?
Il n'en existe pas, on ne dit rien.
Le dictionnaire est parfois pudique.
Comme lui-même effrayé par la douleur.

La jeune mariée erre dans le grand appartement.
Au premier étage d'un immeuble bourgeois, à Charlottenburg.
Le quartier de Charlotte.
Il se situe au 15, Wielandstrasse, près de Savignyplatz.
Je m'y suis souvent promené dans cette rue.
Avant même de connaître Charlotte, j'aimais son quartier.
En 2004, j'ai voulu intituler un roman «Savignyplatz».
Ce nom résonnait en moi d'une manière étrange.
Quelque chose m'attirait, sans que je sache pourquoi.

Un long couloir parcourt l'appartement.
Franziska s'y assoit souvent pour lire.
Elle s'y sent comme à la frontière de chez elle.
Aujourd'hui, elle referme son livre assez vite.
Prise d'un vertige, elle se dirige vers la salle de bains.
Et se passe un peu d'eau sur le visage.
Quelques secondes lui suffisent pour comprendre.

Alors qu'il soigne un blessé, Albert reçoit une lettre.
Face à son visage livide, un infirmier s'inquiète.
Ma femme est enceinte, soupire-t-il enfin.
Les mois suivants, il tente de revenir à Berlin le plus souvent possible.
Mais la plupart du temps, Franziska est seule avec son ventre.
Elle se promène le long du couloir, et parle déjà à son enfant.
Tellement pressée de mettre un terme à sa solitude.
La délivrance a lieu le 16 avril 1917.
C'est l'apparition d'une héroïne.
Mais aussi celle d'un bébé qui pleure sans cesse.
Comme si elle n'acceptait pas sa naissance.

Franziska veut l'appeler Charlotte, en hommage à sa sœur.
Albert refuse qu'elle porte le prénom d'une morte.
Et encore moins d'une suicidée.
Franziska s'indigne, pleure, s'exaspère.
C'est une façon de la faire vivre encore, pense-t-elle.
Je t'en prie, sois raisonnable, répète Albert.
Rien à faire, il sait qu'elle ne l'est pas.
C'est aussi pour ça qu'il l'aime, pour sa folie douce.
Pour cette façon de n'être jamais la même femme.
Elle est tour à tour libre et soumise, fiévreuse et éclatante.
Il sent que ce combat est inutile.
Et d'ailleurs, qui a envie de se battre pendant la guerre?
Ce sera donc Charlotte.

4

Quels sont les premiers souvenirs de Charlotte?
Des odeurs ou des couleurs?

Plus probablement, ce sont des notes.
Les mélodies chantées par sa mère.
Franziska a une voix d'ange et s'accompagne au piano.
Dès son plus jeune âge, Charlotte en est bercée.
Plus tard, elle tournera les pages des partitions.
Ainsi défilent les premières années, en musique.

Franziska aime se promener avec sa fille.
Elle l'emmène jusqu'au cœur vert de Berlin, le Tiergarten.
C'est un îlot de paix dans une ville qui respire encore la défaite.
La petite Charlotte observe les corps abîmés et mutilés.
Elle est effrayée de toutes ces mains qui se tendent vers elle.
Une armée de mendiants.
Elle baisse les yeux pour ne pas voir les visages cassés.
Et ne relève la tête qu'une fois dans le bois.
Là elle peut courir après les écureuils.

Et puis, il faut aller au cimetière.
Pour ne jamais oublier.
Charlotte comprend tôt que les morts font partie de la vie.
Elle touche les larmes de sa mère.
Qui pleure sa sœur comme au premier jour de sa disparition.
Certaines douleurs ne passent jamais.
Sur la tombe, Charlotte lit son prénom.
Elle veut savoir ce qui s'est passé.
Ta tante s'est noyée.
Elle ne savait pas nager ?
C'est un accident.
Franziska change vite de sujet.
Tel est le premier arrangement avec la réalité.
Le début du théâtre.

Albert désapprouve ces promenades au cimetière.
Pourquoi y emmènes-tu Charlotte si souvent?
C'est une attraction morbide.
Il lui demande d'espacer ses visites, de ne plus emmener leur fille.
Mais comment vérifier?
Il n'est jamais là.
Il ne pense qu'à son travail, disent ses beaux-parents.
Albert veut devenir le plus grand médecin allemand.
Quand il n'est pas à l'hôpital, il passe son temps à étudier.

Il faut se méfier d'un homme qui travaille trop.
Que cherche-t-il à fuir?
Une peur ou un simple pressentiment.
Le comportement de sa femme est de plus en plus instable.
Il constate chez elle des instants d'absence.
On la dirait parfois en vacances d'elle-même.
Il se dit qu'elle est rêveuse.
On cherche souvent de jolies raisons aux étrangetés des autres.
Enfin, il y a de quoi s'inquiéter.
Pendant des jours entiers, elle reste allongée sur son lit.
Sans même aller chercher Charlotte à l'école.

Et puis, subitement, elle redevient elle-même.
D'une minute à l'autre, elle sort de sa léthargie.
Sans la moindre transition, elle emmène Charlotte partout.
Dans la ville et les jardins, le zoo et les musées.
Il faut se promener, lire, jouer du piano, chanter, tout apprendre.
Dans les moments de vie, elle aime organiser des fêtes.
Elle veut voir du monde.
Ces soirées, Albert les aime.
Elles sont sa délivrance.
Franziska se met au piano.

C'est si beau cette façon qu'elle a de bouger les lèvres.
On dirait qu'elle converse avec les notes.
Pour Charlotte, la voix de sa mère est une caresse.
Lorsqu'on a une mère qui chante si bien, rien ne peut vous arriver.

Telle une poupée, Charlotte se tient droite au milieu du salon.
Elle accueille les invités avec son plus beau sourire.
Celui qu'elle a travaillé avec sa mère, à s'épuiser la mâchoire.
Quelle est la logique?
Sa mère s'enferme pendant des semaines.
Puis, le démon social la prend subitement.
Charlotte s'amuse de ces changements.
Elle préfère le n'importe quoi à l'apathie.
Le trop-plein au vide.
Le vide qui revient, maintenant.
Tout aussi rapidement qu'il s'était échappé.
Et à nouveau, Franziska s'alite, épuisée par le rien.
Perdue dans la contemplation d'un ailleurs au fond de sa chambre.

Face aux incohérences maternelles, Charlotte est docile.
Elle apprivoise sa mélancolie.
Est-ce ainsi qu'on devient artiste?
En s'accoutumant à la folie des autres?

5

Charlotte a huit ans quand l'état de sa mère empire.
Les phases dépressives s'éternisent.
Elle n'a plus goût à rien, se sent inutile.
Albert implore sa femme.

Mais les ténèbres sont déjà assises dans leur lit.
J'ai besoin de toi, dit-il.
Charlotte a besoin de toi, dit-il encore.
Elle s'endort, pour cette nuit.

Mais se relève.
Albert ouvre les yeux, la suit du regard.
Franziska s'approche de la fenêtre.
Je veux voir le ciel, dit-elle pour rassurer son mari.
Souvent, elle raconte à Charlotte qu'au ciel tout est plus beau.
Et ajoute : quand j'y serai, je t'enverrai une lettre pour te raconter.
L'au-delà devient une obsession.
Tu ne veux pas que maman devienne un ange ?
Ça serait prodigieux, n'est-ce pas ?
Charlotte se tait.

Un ange.
Franziska en connaît un : sa sœur.
Qui a eu le courage d'en finir.
De quitter les jours en silence, sans prévenir.
Une perfection dans la violence.
La mort d'une jeune fille de dix-huit ans.
La mort de la promesse.
Franziska estime qu'il y a une hiérarchie dans l'horreur.
Un suicide quand on a un enfant est un suicide supérieur.
Dans la tragédie familiale, elle pourrait occuper la première place.
Qui contesterait la suprématie de son saccage ?

Une nuit, elle se lève doucement.
Sans même respirer.
Pour une fois, Albert ne l'entend pas.
Elle va jusqu'à la salle de bains.

Se saisit d'un flacon d'opium et en avale tout le contenu.
Son râle réveille enfin son époux.
Il se précipite, la porte est fermée à clé.
Franziska n'ouvre pas.
Sa gorge est en feu, la douleur est insoutenable.
Pourtant, elle ne meurt pas.
Et la panique de son mari abîme ses adieux.

Est-ce que Charlotte entend ?
Se réveille-t-elle ?
Albert finit par parvenir à ouvrir.
Il ramène sa femme à la vie.
La dose était insuffisante.
Mais maintenant il sait.
La mort n'est plus un fantasme.

6

Au réveil, Charlotte cherche sa mère.
Ta maman a été malade pendant la nuit.
Il ne faut pas la déranger.
Pour la première fois, la petite fille part à l'école sans la voir.
Sans l'embrasser.

Franziska sera plus en sécurité chez ses parents.
C'est ce que pense Albert.
Si elle reste seule, elle se tuera.
Il est impossible de la raisonner.
Franziska regagne sa chambre de jeune fille.
Le décor de son enfance.

L'endroit où elle était heureuse avec sa sœur.
Entourée par ses parents, elle reprend quelques forces.
Sa mère tente de cacher sa fébrilité.
Comment est-ce possible ?
La tentative de sa seconde fille, après le suicide de la première.
Le répit est hors de portée.
De tous côtés, elle cherche de l'aide.
On appelle un neurologue, ami de la famille.
Elle a traversé une petite crise passagère, rassure-t-il.
Un excès d'émotion, et une forte sensibilité, rien de plus.

Charlotte s'inquiète.
Où est maman ?
Elle est malade.
Elle a la grippe.
C'est très contagieux.
Alors il vaut mieux ne pas la voir pour le moment.
Elle reviendra bientôt, promet Albert.
Sans être vraiment convaincant.
Il éprouve de la colère contre sa femme.
Surtout quand il se retrouve face au désarroi de Charlotte.

Chaque soir, il lui rend pourtant visite.
L'accueil de ses beaux-parents est glacial.
Ils le tiennent pour responsable.
Il n'est jamais à la maison, ne cesse de travailler.
La tentative de suicide est forcément un acte de désespoir.
Un geste provoqué par une trop forte solitude.
Il faut bien accuser quelqu'un.
Et pour l'autre fille, c'est de ma faute aussi ? voudrait-il crier.
Mais Albert se tait.
Il les ignore, et va s'asseoir près du lit.

Enfin seul avec sa femme, il évoque quelques souvenirs.
Cela finit toujours ainsi, par les souvenirs.
On pourrait croire que tout va s'arranger.
Franziska prend la main de son mari, esquisse un sourire.
Ce sont des moments d'apaisement, de tendresse même.
De courts passages de vie entre les envies noires.

Pour s'occuper de la malade, une infirmière est choisie.
C'est la version officielle.
Le but est bien sûr de la surveiller.
Les jours passent sous le regard de cette étrangère.
Franziska ne demande jamais de nouvelles de sa fille.
Charlotte n'existe plus.
Quand Albert apporte un dessin, elle détourne le visage.

7

Les Grunwald dînent dans la grande salle à manger.
L'infirmière traverse la pièce, s'assoit près d'eux un instant.
Subitement, la mère est foudroyée par une vision.
Franziska seule dans sa chambre, qui s'approche de la fenêtre.
Elle fusille du regard l'employée.
Se lève précipitamment, court vers sa fille.
Elle ouvre la porte, juste à temps pour voir le corps basculer.
Elle hurle de toutes ses forces, c'est trop tard.
Un bruit sourd.
La mère avance, tremblante.
Franziska baigne dans son sang.

DEUXIÈME PARTIE

1

Quand on lui annonce la nouvelle, Charlotte se tait.
Une grippe foudroyante a emporté sa mère.
Elle pense à ce mot : grippe.
Un mot et tout est fini.
Des années plus tard, elle apprendra enfin la vérité.
Dans une atmosphère de chaos général.

Pour l'instant, elle réconforte son père.
Ce n'est pas grave, dit-elle.
Maman m'avait prévenue.
Elle est devenue un ange.
Elle disait toujours comme c'est beau d'être au ciel.
Albert ne sait que répondre.
Il voudrait y croire aussi.
Mais il connaît la vérité.
Sa femme l'a laissé seul.
Seul, avec leur fille.

Partout, les souvenirs le traquent.
Dans chaque pièce, à travers chaque objet, elle est là.

L'air de l'appartement est encore celui qu'elle a respiré.
Il voudrait changer les meubles de place, tout saccager.
Il faudrait surtout déménager.
Mais dès qu'il en parle à Charlotte, elle refuse.
Sa mère a promis de lui envoyer une lettre.
Une fois qu'elle serait dans le ciel.
Alors, il faut rester ici.
Sinon, maman ne pourrait pas nous retrouver, dit la petite fille.
Chaque soir, elle attend pendant des heures.
Assise sur le rebord de la fenêtre.
L'horizon est sombre, ténébreux.
C'est peut-être pour cela que la lettre de sa mère ne trouve pas le chemin.
Les jours passent, sans aucune nouvelle.

Charlotte veut aller au cimetière.
Elle en connaît chaque recoin.
Elle s'approche de la tombe de sa mère.
N'oublie pas ta promesse : tu dois tout me raconter.
Mais toujours rien.
Rien.
Ce silence, elle n'en peut plus.
Son père tente de la raisonner.
Les morts ne peuvent pas écrire aux vivants.
Et c'est mieux ainsi.
Ta mère est heureuse, là où elle est.
Il y a plein de pianos cachés dans les nuages.
Il dit un peu n'importe quoi.
Ses pensées s'emmêlent.
Charlotte comprend enfin qu'elle n'aura pas de nouvelles.
Elle en veut terriblement à sa mère.

2

Maintenant, il faut apprendre la solitude.
Charlotte ne partage pas ses sentiments.
Son père s'enfouit, s'enfuit dans le travail.
Chaque soir, il s'installe à son bureau.
Charlotte l'observe voûté sur ses livres.
Des piles de livres grandes comme des tours.
Il a l'air d'un fou, marmonne toutes sortes de formules.
Nul ne peut l'arrêter sur la route de la connaissance.
Ni sur celle de la reconnaissance.
Il vient d'être nommé professeur à l'université de médecine de Berlin.
C'est une consécration, un rêve.
Charlotte ne semble pas s'en réjouir.
À vrai dire, il lui est devenu difficile d'exprimer une émotion.

À l'école Fürstin-Bismarck, on chuchote sur son passage.
Il faut être gentil avec elle, sa maman est morte.
Sa maman est morte, sa maman est morte, sa maman est morte.
Heureusement, le bâtiment est rassurant, avec de larges escaliers.
Un lieu où la douleur s'apaise.
Charlotte est heureuse d'y aller chaque jour.
J'ai emprunté ce chemin à mon tour.
De nombreuses fois, mes pas dans ses pas.
Des allers-retours sur les traces de Charlotte enfant.

Un jour, je suis entré dans son école.
Des jeunes filles couraient dans le hall.
J'ai pensé que Charlotte pouvait encore être parmi elles.
Au secrétariat, je fus accueilli par la conseillère pédagogique.
Une femme très affable, se prénommant Gerlinde.
Je lui ai expliqué la raison de ma présence.

Elle n'a pas semblé surprise.
Charlotte Salomon, a-t-elle répété pour elle-même.
Nous savons qui elle est, bien sûr.

Une longue visite a alors commencé.
Minutieuse, car chaque détail compte.
Gerlinde a vanté les mérites de l'établissement.
Tout en observant mes réactions, mon émotion.
Mais le plus important restait à venir.
Elle me proposa d'aller voir le matériel de sciences naturelles.
Pourquoi ?
Tout est d'époque.
C'est une plongée dans le siècle dernier.
Une plongée dans le décor intact de Charlotte.

Nous avons traversé un couloir sombre et poussiéreux.
Pour atteindre un grenier plein de bêtes empaillées.
Et aussi des insectes qui traversaient l'éternité dans un bocal.
Un squelette attira mon attention.
La mort, incessant refrain de ma quête.
Charlotte l'a forcément étudié, a annoncé Gerlinde.
J'étais là, à presque un siècle d'écart de mon héroïne.
En train d'analyser à mon tour la composition d'un corps humain.

Pour finir, nous avons visité la magnifique salle de spectacle.
Un groupe de filles posait pour la photo de classe.
Elles faisaient les folles, encouragées par le photographe.
Tentative réussie d'immortaliser la joie de vivre.
J'ai repensé à la photo de classe de Charlotte que je connais.
Elle n'a pas été prise dans cette salle, mais dans la cour extérieure.
C'est une photo très troublante.
Toutes les jeunes filles fixent l'objectif.

Toutes, sauf une.
Les yeux de Charlotte sont tournés dans une autre direction.
Que regarde-t-elle ?

3

Charlotte vit quelque temps chez ses grands-parents.
Elle occupe la chambre d'enfant de sa mère.
Cela crée une confusion chez sa grand-mère.
Elle mélange les époques.
Une enfant avec le visage de sa première fille.
Une enfant portant le prénom de la seconde.
La nuit, la peur au ventre, elle se relève plusieurs fois.
Elle doit vérifier que la petite Charlotte dort paisiblement.

La jeune fille devient sauvage.
Son père engage des nounous qu'elle fait tout pour décourager.
Elle hait quiconque tente de s'occuper d'elle.
La pire de toutes : mademoiselle Stagard.
Une grande dinde vulgaire.
Charlotte est la fille la plus mal élevée qu'elle ait connue, dit-elle.
Heureusement, lors d'une excursion, elle tombe dans une crevasse.
Elle crie de douleur, la jambe cassée.
Charlotte est aux anges, enfin débarrassée.

Mais avec Hase, tout est différent.
Charlotte l'aime immédiatement.
Comme Albert n'est jamais là, elle vit pratiquement à demeure.
Quand elle se lave, Charlotte se lève pour l'épier.
Elle est fascinée par le volume de sa poitrine.

C'est la première fois qu'elle voit des seins si impressionnants.
Ceux de sa mère étaient petits.
Et les siens, comment seront-ils?
Elle voudrait savoir ce qui est préférable.
Elle croise sur le palier un voisin de son âge, et l'interroge.
Il paraît très surpris.
Avant de répondre finalement : des gros seins.
Hase a donc de la chance, mais elle n'est pas très jolie.
Elle a un visage un peu bouffi.
Et des poils au-dessus de la bouche.
Pour ne pas dire une sorte de moustache.
Charlotte retourne alors voir son voisin.
Est-il mieux d'avoir de gros seins avec une moustache…
Ou des petits seins avec un visage d'ange?
Le voisin hésite à nouveau.
Avec sérieux, il répond que la seconde solution lui paraît meilleure.
Puis il s'éloigne sans ajouter un mot.

Dorénavant, il sera toujours gêné en croisant son étrange voisine.
Charlotte, elle, se sent soulagée par cette réponse.
Au fond, cela la rassure que Hase ne plaise pas aux hommes.
Elle l'aime trop pour risquer de la perdre.
Elle veut que personne ne l'aime.
Personne, sauf elle.

4

C'est le premier Noël sans sa mère.
Les grands-parents sont là, secs comme jamais.
Le sapin est immense dans le salon, démesuré.

Albert a acheté le plus grand et le plus beau.
Pour sa fille bien sûr, et aussi en souvenir de sa femme.
Franziska adorait Noël.
Elle passait des heures à décorer l'arbre.
C'était le point lumineux de l'année.
L'arbre est sombre maintenant.
On dirait qu'il est lui aussi en deuil.

Charlotte ouvre ses cadeaux.
Comme on la regarde, elle joue à la petite fille heureuse.
Du théâtre pour alléger le moment.
Pour chasser la tristesse de son père.
C'est le silence surtout qui fait mal.
À Noël, sa mère restait des heures au piano.
Elle aimait les chants chrétiens.
La soirée se déroule maintenant à l'abri des mélodies.

Charlotte observe souvent le piano.
Elle est incapable de le toucher.
Elle voit encore les mains de sa mère sur le clavier.
Sur l'instrument, le passé est vivant.
Charlotte a le sentiment que le piano peut la comprendre.
Et partager sa blessure.
Il est comme elle : orphelin.
Chaque jour, elle regarde la partition restée ouverte.
La dernière que sa mère a jouée.
Une partition de Bach.

Plusieurs Noëls vont ainsi passer, dans le silence.

Nous sommes maintenant en 1930.
Charlotte est devenue une adolescente.
Les gens aiment à dire qu'elle est *dans son monde*.
Être dans son monde, cela engendre quoi?
La rêverie, et la poésie sûrement.
Mais aussi un étrange mélange de dégoût et de béatitude.
Charlotte peut sourire et souffrir en même temps.

Seule Hase la comprend, et cela ne passe pas par les mots.
Charlotte pose la tête sur son buste, silencieusement.
Alors elle se sent écoutée.
Certains corps sont des consolations.
Mais Hase ne s'occupe plus autant de Charlotte.
Albert dit qu'une fille de treize ans n'a plus besoin de gouvernante.
Sait-il seulement ce que veut sa fille?
Si c'est ainsi, elle refuse l'idée de grandir.

Charlotte se sent de plus en plus seule.
Sa meilleure amie passe maintenant davantage de temps avec Kathrin.
Une nouvelle arrivée dans le collège, et déjà si populaire.
Comment fait-elle?
Certaines filles ont le don de se faire aimer.
Charlotte a peur d'être délaissée.
Le mieux est d'éviter de nouer des relations.
Car rien ne dure.
Il faut vivre à l'abri des déceptions possibles.
Et puis non, c'est ridicule.
Elle voit ce qui arrive à son père.
Il est devenu gris à force de s'écarter des autres.
Alors, elle l'encourage à sortir.

Lors d'un dîner, il se retrouve face à une cantatrice célèbre.
Elle vient même d'enregistrer un disque, c'est merveilleux.
On l'acclame partout en Europe.
Elle chante aussi dans les églises, de la musique sacrée.
Albert cherche ses mots, il est intimidé.
Il y a des blancs dans la conversation.
Si seulement elle souffrait, le médecin saurait que dire.
Rien à faire, cette femme est désespérément en bonne santé.
Au bout d'un moment, il balbutie qu'il a une petite fille.
Paula (c'est son prénom) trouve cela charmant.

Très courtisée, elle rêve d'un homme qui ne soit pas un artiste.
Kurt Singer, le fougueux directeur de l'Opéra, l'adule.
Il veut tout quitter pour elle (c'est-à-dire sa femme).
On frôle le harcèlement amoureux.
Depuis des mois, il promet à Paula monts et merveilles.
Également neurologue, il guérit les nerfs des femmes.
Pour l'envoûter, il va jusqu'à tenter l'hypnose.
Paula commence à céder avant de le repousser.

Un soir, au sortir d'un concert, la femme de Kurt surgit.
Désespérée, elle jette un flacon de poison sur Paula.
Du poison qu'elle a sûrement hésité à boire.
Tragédie amoureuse.
Cette histoire affaiblit Paula.
Elle considère qu'il est temps pour elle de se marier.
Pour mettre un terme à cette situation épuisante.
Dans ce contexte, Albert lui apparaît comme un refuge.
Et puis, elle préfère les mains de chirurgien.

Albert raconte à Charlotte sa rencontre avec Paula.
Émerveillée, elle insiste pour qu'il l'invite à dîner.
Ce serait un tel honneur.
Il s'exécute.
Le fameux soir, Charlotte met sa plus belle robe.
La seule qu'elle aime à vrai dire.
Elle aide Hase à préparer la table et les plats.
Tout doit être parfait.
À vingt heures, on sonne à la porte.
Fébrile, elle va ouvrir.
Paula lui adresse un grand sourire.
Tu dois être Charlotte, dit la cantatrice.
Oui c'est moi, veut-elle répondre.
Mais aucun son ne sort.

Le dîner se passe dans une sorte de joie contenue.
Paula propose à Charlotte de venir la voir en concert.
Et après, tu pourras même visiter les loges.
Tu verras, c'est très beau, ajoute Paula.
Les coulisses, c'est le seul endroit où la vérité existe.
Elle parle avec douceur, d'une voix si fine.
Elle n'a rien d'une diva.
Au contraire, ses gestes sont délicats.
Tout se passe à merveille, pense Albert.
On pourrait croire que Paula vit ici depuis toujours.

Après le dîner, on implore la cantatrice de chanter.
Elle s'approche du piano.
Le cœur de Charlotte ne bat plus, il court.
Paula feuillette les partitions disposées à côté du piano.
Et choisit finalement celle d'un lied de Schubert.
Qu'elle pose par-dessus celle de Bach.

6

Charlotte découpe chaque article concernant Paula.
Cela la fascine, qu'on puisse être ainsi aimé.
Elle aime entendre les applaudissements dans la salle.
Elle se sent fière de connaître *personnellement* l'artiste.
Charlotte raffole de la chaleur du public.
Le bruit de l'admiration est fabuleux.
Paula partage avec la jeune fille l'amour qu'elle reçoit.
Elle lui montre les fleurs et les lettres.
Tout cela prend la forme d'une étrange consolation.

La vie dense accélère les jours.
Tout paraît soudain frénétique.
Albert demande à sa fille ce qu'elle pense de Paula.
Je l'adore tout simplement.
C'est donc parfait, car nous avons décidé de nous marier.
Charlotte saute au cou de son père.
Ce qu'elle n'a pas fait depuis des années.

Le mariage se déroule à la synagogue.
Élevée par un père rabbin, Paula est pratiquante.
Le judaïsme n'a eu que peu d'importance dans la vie de Charlotte.
On pourrait même dire : aucune.
Son enfance repose sur *une absence d'orientation juive*.
Pour reprendre les mots de Walter Benjamin.
Ses parents ont mené une vie laïque.
Et sa mère adorait les chants chrétiens.

À treize ans, Charlotte découvre ce monde censé être le sien.
Elle l'observe avec cette curiosité facile pour ce qui nous paraît loin.

7

La nouvelle femme d'Albert s'installe au 15, Wielandstrasse.
Cela bouleverse la vie de Charlotte.
L'appartement habitué au vide et au silence se métamorphose.
Paula y fait entrer la vie culturelle de Berlin.
Elle invite des célébrités.
On y croise le fameux Albert Einstein.
L'architecte Erich Mendelsohn.
Ou encore Albert Schweitzer.
C'est l'apogée de la domination allemande.
Intellectuelle, artistique et scientifique.
On joue du piano, on boit, on chante, on danse, on invente.
La vie n'a jamais paru aussi intense.

Devant cette adresse, il y a maintenant de petites plaques dorées au sol.
On appelle ça des *Stolpersteine*.
C'est un hommage aux déportés.
À Berlin, il y en a beaucoup, surtout à Charlottenburg.
On ne les voit pas aisément.
Il faut marcher tête baissée, chercher la mémoire entre les pavés.
Devant l'immeuble du 15, Wielandstrasse, on peut lire trois noms.
Ceux de Paula, Albert, et Charlotte.
Mais sur le mur, il n'y a qu'une seule plaque commémorative.
Celle de Charlotte Salomon.

Lors de ma dernière visite à Berlin, elle avait disparu.
L'immeuble était en rénovation, sous les échafaudages.

Charlotte effacée pour une couche de peinture fraîche.
Aseptisé, le bâtiment ressemble à une façade de décor de cinéma.
Figé sur le trottoir, j'observe le balcon.
Celui où Charlotte a posé pour une photo avec son père.
Le cliché remonte environ à 1928.
Elle a onze ou douze ans, et son regard est vif.
Elle ressemble déjà étonnamment à une femme.
Je demeure un instant dans le passé.
Préférant observer la photo dans ma mémoire plutôt que le présent.
Puis, je me décide enfin.
Je me faufile entre les échelles et les ouvriers pour monter.
Au premier étage, je suis devant son appartement.

Je sonne chez Charlotte.

À cause des travaux, le lieu est désert.
Mais une lumière émane de l'appartement.
On dirait qu'il y a quelqu'un.
Il y a forcément quelqu'un.
Pourtant on n'entend aucun bruit.
L'appartement est grand, je le sais.
Je sonne à nouveau.
Toujours rien.
En attendant, je lis les noms inscrits au-dessus de la sonnette.
Il semble que l'appartement des Salomon soit devenu un bureau.
La société hébergée ici s'appelle *Dasdomainhaus.com*.
Une société qui développe des sites Internet.

J'entends du bruit.
Des pas qui se rapprochent.
Quelqu'un hésite à ouvrir la porte.
Une femme inquiète apparaît.

Que lui veut-on ?
Christian Kolb, qui traduit mes romans en allemand, est avec moi.
Il met du temps avant de parler.
Il a toujours *trois petits points* dans la bouche.
Je lui demande d'expliquer la raison de notre venue.
Écrivain français... Charlotte Salomon...,
Elle nous claque la porte au nez.
Je reste sans bouger, stupéfait.
Je suis à quelques mètres de la chambre de Charlotte.
C'est frustrant, mais il ne faut pas forcer les choses.
J'ai tout mon temps.

8

Les discussions dont Charlotte est le témoin l'enrichissent.
Elle se met à lire, beaucoup, passionnément.
Dévore Goethe, Hesse, Remarque, Nietzsche, Döblin.
Paula trouve sa belle-fille trop renfermée.
Elle n'invite jamais d'amis à la maison.

Charlotte devient possessive avec sa belle-mère.
Lors des soirées, elle la suit en permanence.
Ne supporte pas que d'autres lui parlent trop longtemps.
Pour l'anniversaire de Paula, elle veut faire un coup d'éclat.
Elle cherche pendant des jours le cadeau idéal.
Enfin, elle tombe sur le poudrier parfait.
Tout son argent de poche y passe.
Elle est tellement heureuse de sa trouvaille.
Sa belle-mère l'aimera plus encore.

Le soir de l'anniversaire, Charlotte trépigne.

Paula ouvre son cadeau.

Elle en est très contente.

Mais c'est un cadeau parmi d'autres.

Elle remercie tout le monde avec la même douceur.

Charlotte s'effondre.

Cela la désespère.

Et la rend folle.

Elle se précipite pour reprendre le poudrier.

Et le jette au sol de toutes ses forces, devant les invités.

Le silence se fait.

Albert regarde Paula, comme si c'était à elle de réagir.

La cantatrice est prise d'une colère froide.

Elle accompagne Charlotte à sa chambre.

Nous nous expliquerons demain, dit-elle.

J'ai tout gâché, pense la jeune fille.

Au matin, elles se retrouvent dans la cuisine.

Charlotte se confond en excuses.

Elle essaye d'expliquer ce qu'elle a ressenti.

Paula passe une main sur sa joue, pour la réconforter.

Heureuse que Charlotte pose enfin des mots sur son malaise.

Paula se souvient de l'adolescente joyeuse qu'elle a rencontrée.

Elle ne comprend pas ce qui la perturbe tant maintenant.

Pour Albert, la réaction de sa fille est une manifestation de jalousie.

Rien de plus.

Il refuse de voir la profondeur de sa souffrance.

Il est accaparé par sa tâche immense, c'est un grand médecin.

Il fait des découvertes majeures pour soigner les ulcères.

Les crises de sa fille ne sont pas sa priorité.

Paula continue de s'inquiéter.

Elle pense qu'il faut tout dire à Charlotte.

La vérité.

Quelle vérité ? demande Albert.

La vérité… pour sa mère.

Elle insiste.

Personne ne peut se construire sur un tel mensonge.

Si elle apprend que tout le monde lui a menti, ce sera terrible.

Non, il faut se taire, réaffirme Albert.

Avant d'ajouter : ses grands-parents sont catégoriques.

Ils ne veulent pas qu'elle sache.

Paula comprend subitement.

Charlotte va souvent dormir chez eux.

La pression est incessante.

Ils rappellent tout le temps qu'ils ont perdu leurs filles.

Il ne leur reste plus que Lotte, gémissent-ils.

Quand elle revient d'un séjour chez eux, Charlotte est sombre.

Évidemment, sa grand-mère l'aime profondément.

Mais il y a comme une force noire dans son amour.

Comment cette femme peut-elle s'occuper d'une enfant ?

Elle, dont les deux filles se sont suicidées.

9

Paula accepte de ne rien révéler à Charlotte.

Puisque tel est le vœu de sa famille.

Mais elle envoie une lettre cinglante à la grand-mère.

« Vous êtes la meurtrière de vos filles.

Mais cette fois-ci vous ne l'aurez pas.

Je vais la protéger… »

Foudroyée, la grand-mère se replie sur elle-même.
Le passé qu'elle a tenté d'enfouir revient par vagues.
Elle se laisse envahir par la succession des tragédies.

Il y a ses deux filles, bien sûr.
Mais elles ne sont que l'aboutissement d'une longue lignée suicidaire.
Son frère aussi s'est jeté à l'eau, à cause d'un mariage malheureux.
Docteur en droit, il n'avait que vingt-huit ans.
On a exposé son cadavre dans le salon.
Pendant de nombreux jours, la famille dormait près du désastre.
On ne voulait pas le laisser partir.
L'appartement devait être son tombeau.
Seule l'odeur de la décomposition mit un terme à l'exposition.
Quand on enleva son fils, la mère voulut le retenir.
Elle pouvait accepter sa mort, pas son absence.
Pas l'absence de son corps.
Elle sombra dans la démence.
On engagea deux infirmières à plein temps.
Pour la protéger d'elle-même.
Comme plus tard pour Franziska.
Juste après sa première tentative de suicide.
L'histoire se répéterait donc.
Se répéterait sans cesse, comme le refrain des morts.

La grand-mère se souvient des années si difficiles.
Celles où il fallait surveiller sans cesse sa propre mère.
Elle lui parlait parfois pour l'apaiser.
Cela semblait l'adoucir.
Mais inévitablement elle recommençait à évoquer son fils.
Elle disait qu'il était marin.
C'est pour ça qu'on ne le voyait pas beaucoup.

Et puis, la réalité lui sautait subitement au visage.
Une véritable morsure du réel.
Elle criait alors pendant des heures.
Après huit années d'épuisement mental, elle finit par succomber.
La famille allait peut-être retrouver un semblant de calme.

Mais ce n'était pas terminé pour la grand-mère de Charlotte.
Aussitôt leur mère enterrée, sa jeune sœur se suicida.
D'une manière inexplicable, imprévisible.
À dix-huit ans, elle se leva en pleine nuit.
Pour se jeter dans la rivière glaciale.
Exactement ce que ferait plus tard la première Charlotte.
L'histoire se répéterait donc.
Se répéterait sans cesse, comme le refrain des morts.

La grand-mère avait été pétrifiée par la disparition de sa sœur.
Elle n'avait rien vu venir, ni elle ni personne.
Il fallait fuir vite.
Le mariage était la meilleure option.
Elle devint une Grunwald.
Elle eut rapidement deux filles.

Quelques années passèrent, étrangement heureuses.
Mais la marche noire reprit son cours.
La fille unique de son frère se suicida.
Et ce fut le tour de son père, puis de sa tante.
Il n'y aurait donc aucune issue, jamais.
L'atavisme morbide était trop puissant.
Les racines d'un arbre généalogique rongé par le mal.

Pourtant, jamais elle n'avait pu penser ses propres filles contaminées.
Rien ne le laissait présager pendant leur enfance joyeuse.

Elles couraient en tous sens.
Sautaient, dansaient, riaient.
Ce n'était pas pensable.
Charlotte, puis Franziska.

Enfermée dans sa chambre, la grand-mère continue de pleurer ses morts.
La lettre posée sur les genoux.
Mouillés de larmes, les mots bavent, deviennent difformes.
Et si Paula avait raison ?
Après tout, cette femme chante comme un ange.
Oui, elle dit la vérité.
Tout le monde meurt autour d'elle.
Tout est peut-être de sa faute.
Alors, il faut faire attention.
Protéger Charlotte.
Elle la verra moins, si c'est mieux ainsi.
Elle ne viendra plus dormir ici.
Là est l'essentiel.
Charlotte doit vivre.
Mais est-ce seulement possible ?

TROISIÈME PARTIE

1

Charlotte est à présent une jeune fille de seize ans.
Sérieuse, elle mène une scolarité très brillante.
On la trouve parfois mystérieuse.
Sa belle-mère la juge surtout effrontée.
Elles ne s'entendent plus si bien.
Albert est toujours obsédé par ses explorations médicales.
Elles passent ainsi de longues journées toutes les deux.
À s'agacer, se taper sur les nerfs, quoi de plus normal?
Charlotte est de plus en plus partagée.
Elle adule Paula, et elle ne la supporte pas.

Mais elle ne se lasse pas de l'écouter.
Elle assiste à tous ses concerts berlinois.
Avec la même émotion que la première fois.
Paula est l'une des plus grandes divas vivantes.
Les foules se pressent toujours pour l'écouter.
Elle vient d'enregistrer une magnifique version de *Carmen*.
Charlotte est au premier rang ce soir-là.
Sa belle-mère tient la note longtemps.

C'est la dernière du concert.
Le public retient son souffle.
Le son se meurt avec délicatesse.
C'est un triomphe, une ovation, et plus encore si cela est possible.
On entend ici et là crier des bravos.
Charlotte observe les bouquets de fleurs qui encombrent la scène.
Les bouquets qui orneront bientôt leur salon.
Tout est rouge.
Et c'est au cœur de ce rouge qu'apparaît une dissonance.

Au début, Charlotte n'est pas certaine.
C'est peut-être une manifestation d'admiration un peu étrange.
Des cris plus rauques, des sifflets plus stridents.
Mais non, ce n'est pas ça.
Cela vient d'en haut.
On ne distingue pas très bien encore.
La salle n'a pas été rallumée.
Le râle se fait plus fort.
Les huées recouvrent à présent les applaudissements.
Paula comprend, et file en coulisses.
Elle ne veut pas écouter ça.
Elle ne veut pas entendre la haine.

Des hommes crient des horreurs et des insultes.
On dit à Paula de rentrer chez elle.
On ne veut plus l'entendre ici !
Charlotte, tremblante, la rejoint.
Elle pense découvrir sa belle-mère dévastée.
Mais non, elle se tient debout face à son miroir.
Elle paraît forte, presque inébranlable.
C'est elle qui rassure Charlotte.
Il faut s'y faire, c'est comme ça…

Mais le ton de sa voix sonne faux.
Son calme masque mal son inquiétude.

Quand elles rentrent, Albert ne dort pas encore.
Il est effaré par le récit de la soirée.
La scène qu'elles décrivent lui donne envie de vomir.
Cela devient purement insoutenable.
Certains de leurs amis vont quitter l'Allemagne.
On les incite à faire de même.
Paula pourrait chanter aux États-Unis.
Albert pourrait facilement y trouver du travail.
Non, dit-il.
C'est hors de question.
C'est ici, leur patrie.
C'est l'Allemagne.
Il faut être optimiste[1], se dire que la haine est périssable.

2

En janvier 1933, la haine accède au pouvoir.

Paula n'a plus le droit de se produire en public.
Pour Albert, la mort professionnelle survient également.
Les soins médicaux dispensés par des juifs ne sont plus remboursés.
Il se voit retirer sa licence d'enseignement.
Lui qui venait de faire des découvertes majeures.
Les violences se généralisent, on brûle des livres.
Chez les Salomon, on se retrouve le soir.

---

1. Billy Wilder disait : « Les pessimistes ont fini à Hollywood, et les optimistes à Auschwitz. »

Entre artistes, intellectuels, médecins.
Certains persistent à croire que ça passera.
Ce sont les conséquences logiques d'une crise.
Il faut toujours des responsables aux malheurs d'un pays.
Charlotte assiste aux discussions des anéantis.

Kurt Singer est là, lui aussi.
Il vient d'être démis de ses fonctions à l'Opéra de Berlin.
Sa force et son charisme le poussent à monter en première ligne.
Il entreprend des démarches auprès des nazis.
Il plaide la cause des artistes écartés.
Propose de créer une fédération culturelle des juifs allemands.
Le responsable du parti qui le reçoit hésite.
Il devrait refuser, mais il ne peut s'empêcher d'admirer Singer.
Il y a comme un temps d'arrêt entre eux.
Un temps où tout peut advenir.
La mort définitive des artistes, ou leur survie.
Le puissant fonctionnaire peut tout interdire.
Pour l'instant, il se tait.
Il regarde son interlocuteur droit dans les yeux.
Singer retient en lui la sueur qui devrait perler sur ses tempes.
C'est l'avenir de chacun qui se joue.

Après de longues minutes, le responsable nazi sort un papier.
Il signe l'autorisation de créer l'association juive.
Singer le remercie avec effusion.
Merci, merci beaucoup, monsieur.
Le héros du peuple artistique est acclamé.
On organise une grande soirée pour fêter cette victoire.
Quelle joie de ne pas mourir immédiatement.

Chanteurs, acteurs, danseurs, professeurs respirent.
Être sur scène, c'est vivre.
Paula ne sera pas réduite au silence.
Elle pourra encore donner des récitals.
Dans un théâtre pour juifs, avec un public juif.
La version culturelle du ghetto.
Ce système va durer quelques années.
En étant de plus en plus encadré, contrôlé, étouffé.

En 1938, Kurt Singer part rendre visite à sa sœur aux États-Unis.
Pendant son absence se produira *La nuit de Cristal.*
Les biens juifs sont saccagés, des dizaines de meurtres perpétrés.
La sœur de Kurt le supplie de rester en Amérique.
C'est une chance inouïe pour lui.
Il peut être épargné par le désastre qui s'annonce.
On lui propose même un poste à l'université.
Mais non.
Il tient à rentrer dans son pays.
Pour sauver ce qui peut être sauvé, dit-il.

À son retour en Europe, il passe par Rotterdam.
Ses amis à leur tour insistent pour qu'il y reste.
L'association culturelle est, de toute façon, dissoute.
Rentrer en Allemagne en cette année 1938 serait suicidaire.
Il cède, et s'installe aux Pays-Bas.
À nouveau, il tente de résister par la musique et l'art.
Il donne des concerts.
Mais là-bas aussi l'étau se resserre.
Tant de fois, il aurait pu fuir.
Il voulait être près des siens.
Illusoire rempart à la fragilité des autres.
C'est un homme si vaillant.

Les photos montrent sa puissance, sa chevelure folle.
Il sera déporté en 1942, au camp de Terezín.
On y interne entre autres les artistes et les élites.
C'est un camp dit modèle.
Une vitrine pour les délégations de la Croix-Rouge.
Ces visiteurs aveugles à ce qui se cache derrière le décor.
On leur prépare des spectacles, signe que tout va bien.
Singer continue même à jouer.
Il lève le bras, dirige l'orchestre de sa baguette.
Les survivants de l'orchestre.
Mois après mois, les musiciens s'enfoncent dans le silence.
Et meurent sans cérémonie.
Singer finit par guider deux violonistes chétifs.
Il continue jusqu'au bout à motiver les agonisants.
Personne n'y croit plus, sauf lui.
Jusqu'au jour où il tombe d'épuisement, en janvier 1944.
Mort au combat.

3

Revenons en 1933.

Charlotte ne croit plus que la haine puisse être passagère.
Il ne s'agit pas de quelques illuminés, mais de toute une nation.
Une meute assoiffée de violence dirige le pays.
Au début du mois d'avril s'organise le boycott des biens juifs.
Elle assiste au défilé dans la rue, au saccage des boutiques.
Qui achète chez un juif est un porc, lit-elle.
Les slogans sont scandés avec rage.
Peut-on imaginer la terreur de Charlotte?

On annonce sans cesse de nouvelles mesures humiliantes.
À l'école, il faut un certificat de naissance des grands-parents.
Certaines filles se découvrent une ascendance juive.
D'une seconde à l'autre, elles passent du côté des bannies.
Mauvais sang.
Certaines mères interdisent à leurs filles de fréquenter des juives.
Et si ça s'attrapait?
D'autres s'indignent.
Il faut s'unir et combattre les nazis, protestent-elles.
Mais il est dangereux de le dire.
Alors, on le dit de moins en moins fort.
Avant de se taire définitivement.

Albert tente de rassurer sa fille comme il le peut.
Mais existent-ils, ces mots qui atténuent la haine des autres?
Charlotte se replie davantage.
Elle ne cesse de lire, rêve de moins en moins.
C'est à cette période que le dessin entre dans sa vie.
La passion de la Renaissance lui permet de quitter son époque.

4

Les grands-parents de Charlotte partent souvent pendant l'été.
Ils entreprennent cette année un long voyage culturel en Italie.
Et veulent emmener leur petite-fille.
Malgré les inquiétudes liées au passé, son père et Paula n'hésitent pas.
Elle sera heureuse loin de l'abîme.

Pour Charlotte, ce voyage sera fondamental.
Ses grands-parents sont férus de civilisations anciennes.

De tout ce qui ressemble à un vestige.
Ils éprouvent une fascination particulière pour les momies.
Et pour la peinture bien sûr.
Charlotte parfait sa connaissance.
Découvre de nouveaux horizons.
Devant certains tableaux, son cœur bat comme pour un amour.
Cet été 1933, c'est la réelle naissance de son évidence.

Il existe un point précis dans la trajectoire d'un artiste.
Le moment où sa propre voix commence à se faire entendre.
La densité se propage en elle, comme du sang dans de l'eau.

Pendant le voyage, Charlotte pose des questions sur sa mère.
Le souvenir de sa présence s'est dilué dans les années.
Il est réduit à de vagues sensations, des émotions imprécises.
Elle souffre d'avoir oublié sa voix, son odeur.
La grand-mère élude le sujet, trop douloureux.
Charlotte comprend qu'il vaut mieux ne rien demander.
Franziska continue son voyage dans le silence.
La cause de sa mort demeure secrète à sa fille.

Le grand-père se réconforte avec les œuvres.
Elles lui offrent un optimisme absurde.
L'Europe ne s'enfoncera pas à nouveau dans la folie meurtrière.
C'est ce qu'il déclare en visitant les ruines.
La puissance des civilisations antiques est rassurante.
Il accompagne ses théories de grands gestes désordonnés.
Sa femme le suit, ombre éternelle de son mari.
Face à ce duo improbable, Charlotte sourit.
Ils ont l'air si vieux.
Le grand-père arbore une longue barbe blanche, celle des apôtres.
S'il se déplace avec une canne, il n'en est pas moins robuste.

La grand-mère est de plus en plus squelettique.
Elle tient debout par un miracle dont elle seule connaît le secret.

Sans relâche, les deux vieillards arpentent les galeries.
Et c'est Charlotte qui implore des pauses.
Elle est épuisée par la cadence appuyée.
Ils veulent tout voir dans chaque musée.
Charlotte pense que cette boulimie est parfois stérile.
Il serait préférable de s'attacher à une seule œuvre.
Lui offrir l'exclusivité de son attention.
Ne vaut-il pas mieux connaître à la perfection un seul tableau?
Plutôt que d'émietter son regard pour finir par le perdre.
Elle voudrait tant se fixer quelque part.
Ne plus avoir à chercher ce qu'elle ne trouve pas.

5

Le retour en Allemagne est pénible.
Après un été au cœur des merveilles, la réalité est une agression.
Cette réalité qu'il faut regarder en face.
Les grands-parents prennent alors la décision de quitter leur pays.
Ils ne se doutent pas qu'ils ne reviendront jamais.
Que leur exil sera définitif.

Lors d'un séjour en Espagne, ils ont rencontré une Américaine.
D'origine allemande, Ottilie Moore est veuve depuis peu.
Et s'est ainsi retrouvée à la tête d'une grande fortune.
Elle possède une immense propriété dans le sud de la France.
Où elle accueille toutes sortes de réfugiés, surtout des enfants.
En visite à Berlin, elle constate la violence.

Elle propose aux grands-parents de les accueillir.
Pour un temps illimité, ajoute-t-elle.
Elle apprécie leur érudition et leur humour.
Chez elle, ils seront à l'abri de la catastrophe à venir.
Après une longue hésitation, ils acceptent.
À Villefranche-sur-Mer, le domaine est un coin de paradis.
Avec un jardin magnifique et même exotique.
On y trouve des oliviers, des palmiers, des cyprès.
Ottilie est une femme joyeuse, toujours souriante, presque exubérante.

Charlotte reste à Berlin avec son père et Paula.
Elle retourne à l'école, où les humiliations sont incessantes.
Jusqu'au jour où une loi lui interdit de poursuivre ses études.
Un an avant le baccalauréat, elle doit renoncer.
Elle repart avec son bulletin qui atteste d'un *comportement impeccable.*

Avec Paula, elles vivent en recluses dans l'appartement.
Loin de se soutenir mutuellement, elles ne se comprennent plus.
Charlotte fait payer à sa belle-mère son exclusion du monde.
C'est l'unique personne contre qui elle peut crier.

Certaines journées sont plus calmes.
Elles évoquent l'avenir.
Charlotte dessine de plus en plus, rêve d'intégrer les Beaux-Arts.
Elle marche parfois jusque devant l'Académie.
Elle regarde les élèves sortir avec leurs cartons à dessins.
Puis, elle lève la tête.
Un immense drapeau nazi flotte au sommet de l'édifice.

Son père lui dit que ce sera compliqué d'intégrer l'Académie.
Ils n'acceptent qu'un quota très faible de juifs, à peine 1 %.
Il la pousse plutôt à s'inscrire dans une école de stylisme.

Là, les sémites sont tolérés.
Ce serait artistique, tout de même.
Elle pourrait créer des vêtements.
À contrecœur, elle acquiesce.
Après tout, elle a renoncé à décider comment mener sa vie.
Elle n'y reste qu'une journée, hébétée.
Mais ces quelques heures renforcent sa vocation.
Elle veut peindre.

Ses premiers tableaux sont prometteurs, c'est vrai.
Albert décide de lui offrir des cours particuliers.
Une bonne formation, c'est essentiel, dit-il.
Oui, c'est essentiel pour l'avenir.

6

Les cours se révèlent pitoyables.
Sa professeure semble penser que la peinture s'est arrêtée en 1650.
C'est une femme engoncée dans un éternel tailleur beige.
Ses lunettes à triple foyer lui donnent l'air d'une grenouille.
Charlotte essaye de s'exécuter docilement.
Après tout, c'est un sacrifice financier de la part de son père.
Mais l'ennui est incommensurable.
La grenouille demande de dessiner un cactus.
Plusieurs fois, elle efface sèchement le dessin de Charlotte.
Le nombre d'épines n'est pas exact!
Ce n'est pas de la peinture, c'est de la photographie.
Pendant des semaines, Charlotte enchaîne les natures mortes.
En allemand, nature morte se dit *Stillleben* : vie silencieuse.
La vie silencieuse, cette expression va si bien à Charlotte.

Charlotte ne peut pas exprimer ce qu'elle ressent.
Pourtant son dessin s'améliore.
Elle trouve une voie entre l'académisme étudié et les modernes.
Elle admire profondément Van Gogh, découvre Chagall.
Elle vénère Emil Nolde dont elle vient de lire cette phrase :
« J'aime qu'un tableau ait l'air de s'être peint lui-même. »
Il y a aussi Munch bien sûr, ainsi que Kokoschka et Beckmann.
Plus rien ne compte que la peinture, c'est devenu une obsession.
Elle doit à tout prix tenter le concours des Beaux-Arts.
Elle se prépare avec acharnement.
Le démon progresse en elle.
Albert et Paula estiment que sa passion prend une allure inquiétante.
Mais c'est une réjouissance au contraire.
Charlotte, qui s'est tant sentie perdue, a trouvé son chemin.

Elle présente enfin son dossier pour les Beaux-Arts.
Le professeur Ludwig Bartning est intrigué par son style.
Il pressent chez cette candidate un très fort potentiel.
Il tient à ce qu'elle intègre l'Académie.
Mais si peu de juifs sont admis.
Seul point en sa faveur : le père de Charlotte est un ancien combattant.
On autorise ici ou là des respirations dans la déchéance.
Enfin, rien n'est joué.
Il faut présenter son dossier en commission.
Ludwig souhaite rencontrer la jeune artiste.
C'est un homme bienveillant, qui milite contre les lois raciales.
Charlotte va devenir sa protégée.
Peut-être repère-t-il en elle quelque chose qu'il n'a pas ?
Lui, il peint des fleurs.
Des fleurs élégantes.
Mais qui respirent le raisonnable.

Le jour de la commission d'admission la tension est palpable.
Le talent de Charlotte est évident.
Mais il est hors de question qu'elle pénètre au sein de l'établissement.
C'est beaucoup trop risqué.
En quoi est-ce risqué ? s'indigne Bartning.
Elle pourrait être une menace pour les jeunes aryens.
La juive est séductrice, perverse.
Bartning dit qu'il a rencontré Charlotte.
Il garantit qu'elle ne présente aucun danger pour les élèves.
Et il insiste : elle est même très réservée.
On analyse ainsi la potentielle menace que représente Charlotte.
On ne parle pas une seule seconde de son talent.
L'insistance de Ludwig Bartning finit par triompher.
C'est un fait unique.
Charlotte Salomon, exclue de toutes parts, est admise.
Elle va étudier à l'Académie des Beaux-Arts de Berlin.

7

Avec un bonheur boulimique, elle se plonge dans le travail.
Les professeurs apprécient sa rigueur, son inventivité.
Ils lui reprochent parfois son mutisme.
Il faudrait savoir ce qu'ils veulent.
On lui a demandé d'être discrète, d'éviter de parler aux autres.
Pourtant, elle se fait une amie.
Barbara, la belle blonde, l'aryenne par essence.
Je suis si belle, heil Hitler ! dit Barbara.
Le soir, elles aiment rentrer ensemble.
Charlotte écoute les confidences de son amie.

Elle lui parle de son amoureux.

Sa vie paraît merveilleuse.

Si seulement Charlotte pouvait être un peu Barbara.

Aux Beaux-Arts, progressivement, la liberté artistique se restreint.

Les professeurs sont soumis à des contraintes plus strictes.

Les nazis ont décidé de mater aussi les pinceaux.

Des milices font parfois irruption dans le hall.

Elles restent là, humant le parfum de la décadence.

Il faut tout simplement éradiquer l'art moderne.

Comment peut-on oser peindre autre chose que des paysans blonds ?

Il faut glorifier des athlètes, mettre en valeur la force et la virilité.

Et certainement pas les corps hallucinés, tordus, déchirés de Beckmann.

Quelle horreur cet artiste, l'essence même de l'art dégénéré.

Beckmann, génie allemand, décide de quitter son pays en 1937.

Juste après avoir entendu le discours d'Hitler à Munich.

Celui pour l'ouverture de la Maison de l'art allemand :

«Avant que le national-socialisme ne prenne le pouvoir...

Il n'y avait en Allemagne que le prétendu Art moderne.

Chaque année un nouvel art moderne !

Nous, nous voulons un art Allemand d'une valeur éternelle !

L'art n'est pas fondé sur le temps, une époque, un style, une année.

Mais uniquement sur un peuple !

Et que produisez-vous ?

Des estropiés tordus et des crétins.

Des femmes qui ne peuvent inspirer que du dégoût.

Des hommes qui sont plus proches des animaux que des êtres humains.

Des enfants qui, s'il devait en exister de semblables...

Seraient immédiatement considérés comme une malédiction divine !»

Ainsi défini, l'art dégénéré est au cœur d'une grande rétrospective.
Il s'agit de montrer ce qu'il est interdit d'aimer.
Il faut éduquer l'œil, façonner l'armée du goût.
Et surtout : désigner les coupables de la décadence.
On fait une place d'honneur à Marc Chagall, Max Ernst ou Otto Dix.
Il y a foule pour vomir la juiverie artistique.
Après les livres brûlés, les tableaux couverts de crachats.
Au milieu des œuvres, on expose des gribouillis d'enfants.
Ou des tableaux peints par des handicapés mentaux.
Telle est la mise en scène de l'exécution de l'art moderne.

8

Charlotte se positionne du côté des artistes méprisés.
Elle s'intéresse aux évolutions picturales, aux dernières théories.
Elle possède des livres de l'historien d'art Aby Warburg.
Quand j'ai découvert cette information, tout m'a paru évident.

Avant de connaître Charlotte, j'ai été passionné par Aby Warburg.
En 1998, j'avais lu dans *Libération* un article intitulé :
« Warburg, opération sauvetage… »
Le journaliste Robert Maggiori évoquait une *bibliothèque mythique*.
Le mot bibliothèque m'a arrêté.
J'en recherche une, qui me hante depuis toujours.
C'est une vision d'enfance, obsédante.
Provient-elle d'une vie antérieure ?

Quelque chose m'attirait dans ce nom, Aby Warburg.
Alors, j'ai tout lu sur cet étrange personnage.
Riche héritier, aîné de sa famille, il lègue sa fortune à ses frères.

À la seule condition qu'ils lui achètent tous les livres qu'il demandera.
Aby Warburg est ainsi à l'origine d'un fonds bibliophilique inouï.
Il a des théories sur le rangement des livres.
Notamment celle du *bon voisinage*.
Le livre que l'on cherche n'est pas forcément celui que l'on doit lire.
Il faut regarder celui d'à côté.

Il marche pendant des heures entre les livres, dans un bonheur extatique.
À la frontière de la démence, il parle aussi aux papillons.
Il sera d'ailleurs interné de nombreuses fois.
Il convoque alors tous les médecins.
Et tente de leur prouver qu'il n'est pas fou.
Si je vous le prouve, alors vous me laissez sortir!
Après sa mort, en 1929, son œuvre perdure grâce à ses disciples.
Au premier rang desquels Ernst Cassirer.
Pressentant le danger, ils décident de sauver la bibliothèque.
Ils la transfèrent à Londres en 1933 (des livres fuyant le nazisme).
Elle y est toujours, à Woburn Square.
Je l'ai visitée souvent.

En juillet 2004, j'ai obtenu une bourse pour un voyage littéraire.
On appelle ça *une mission Stendhal*.
Il me fallait aller à Hambourg, visiter la maison natale de Warburg.
Je voulais écrire un livre sur lui, bien sûr.
Mais aussi confronter mon trouble à la réalité.
Car je ne cessais de penser à lui.
Sa personnalité, son époque, l'histoire de la bibliothèque en exil.
Je suis parti, persuadé de l'illumination à venir.
Mais il ne se passa rien.
Qu'attendais-je au juste?
Je ne savais même plus ce que j'étais venu chercher.

De plus en plus, j'étais attiré par l'Allemagne.

Et obsédé par la langue.

J'écoutais des *lieder* chantés par Kathleen Ferrier.

Dans plusieurs de mes romans, mes personnages parlent allemand.

Certaines héroïnes enseignent ou traduisent cette langue.

Je naviguais sur cette intuition floue.

Tous les artistes que j'aimais étaient germaniques.

Et même les designers, c'est dire.

Rien ne m'intéresse moins que le mobilier.

Je me suis mis à adorer les bureaux de la période Bauhaus.

J'allais chez Conran Shop juste pour les regarder.

J'ouvrais les tiroirs, comme d'autres essayent des chaussures.

Et Berlin, j'ai commencé à aimer Berlin.

Je restais des heures à la terrasse d'un café, à Savignyplatz.

Ou feuilletant les livres d'art des librairies de ce quartier.

On m'a dit que mon attirance était à la mode.

C'est vrai, tout le monde adore Berlin.

Je suis entouré de gens qui veulent y vivre.

Mais je ne me sentais pas à la mode.

Au contraire, j'étais vieux et démodé.

Et puis, j'ai découvert l'œuvre de Charlotte.

Par le plus grand des hasards.

Je ne savais pas ce que j'allais voir.

Je devais déjeuner avec une amie qui travaillait dans un musée.

Elle m'a dit : tu devrais aller voir l'exposition.

C'est tout ce qu'elle a dit.

Peut-être a-t-elle ajouté : ça devrait te plaire.

Mais je ne suis pas sûr.

Rien de prémédité.

Elle m'a guidé vers la salle.

Et ce fut immédiat.

Le sentiment d'avoir enfin trouvé ce que je cherchais.
Le dénouement inattendu de mes attirances.
Mes errances m'avaient conduit au bon endroit.
Je le sus dès l'instant où je découvris *Vie ? ou Théâtre ?*
Tout ce que j'aimais.
Tout ce qui me troublait depuis des années.
Warburg et la peinture.
Les écrivains allemands.
La musique et la fantaisie.
Le désespoir et la folie.
Tout était là.
Dans un éclat de couleurs vives.

La connivence immédiate avec quelqu'un.
La sensation étrange d'être déjà venu dans un lieu.
J'avais tout cela avec l'œuvre de Charlotte.
Je connaissais ce que je découvrais.

L'amie qui se tenait près de moi m'a demandé : alors, tu aimes ?
Je n'ai pas pu répondre.
L'émotion m'en empêchait.
Elle a dû croire que cela ne m'intéressait pas.
Alors que.
Je ne sais pas.
Je ne savais comment exprimer ce que je ressentais.

Il y a peu de temps, je suis tombé sur un texte de Jonathan Safran Foer.
Je ne connais pas vraiment cet auteur.
Mais j'éprouve une sympathie un peu idiote pour lui.
Car nous sommes parfois collés dans les rayonnages.
On se crée des liens comme on peut.

Une autre version de la théorie du bon voisinage.
Il raconte le choc que fut pour lui la découverte de Charlotte.
C'était à Amsterdam.
Tombé sur elle par hasard, lui aussi.
Il évoque le rendez-vous important qu'il avait ce jour-là.
Et qui s'est littéralement échappé de sa mémoire.
Je suis ressorti dans le même état d'esprit.
Plus rien n'avait d'importance.
C'est tellement rare cette sensation d'être envahi totalement.
J'étais un pays occupé.
Les jours ont passé sans que rien ne vienne altérer cette sensation.

Pendant des années, j'ai pris des notes.
J'ai parcouru son œuvre sans cesse.
J'ai cité ou évoqué Charlotte dans plusieurs de mes romans.
J'ai tenté d'écrire ce livre tant de fois.
Mais comment?
Devais-je être présent?
Devais-je romancer son histoire?
Quelle forme mon obsession devait-elle prendre?
Je commençais, j'essayais, puis j'abandonnais.
Je n'arrivais pas à écrire deux phrases de suite.
Je me sentais à l'arrêt à chaque point.
Impossible d'avancer.
C'était une sensation physique, une oppression.
J'éprouvais la nécessité d'aller à la ligne pour respirer.

Alors, j'ai compris qu'il fallait l'écrire ainsi.

QUATRIÈME PARTIE

1

Un événement majeur dans la vie de Charlotte advient maintenant.
Cet événement, c'est un homme.

On ne peut pas vraiment dire qu'Alfred Wolfsohn soit beau ou laid.
Certains physiques ressemblent à une question sans réponse.
On sait juste qu'on ne peut pas détourner le regard.
Quand il est là, on ne voit que lui.

Au moment où je le recherche pour le décrire, il marche vite.
En sueur, il arpente Berlin.
Il doit s'occuper de sa mère malade, de sa sœur inapte au travail.
Mais où trouver de l'argent?
Professeur de chant, il n'a plus le droit d'exercer nulle part.
Ne lui reste que le *Kulturbund*.
L'association d'entraide créée par Kurt Singer.
C'est la seule personne qui puisse l'aider.

Toujours en retard, il pénètre enfin dans le bureau de Singer.
Il balbutie quelques excuses incompréhensibles.

Fait des moulinets excités avec ses bras.
Ces bras perdus dans un manteau trop large.
Malgré le comique de cette apparition, Singer ne sourit pas.
Car Alfred est une personnalité éminente.
Il est étrange et fantasque, mais son talent est immense.
Il a développé des théories nouvelles sur les méthodes de chant.
Il faut aller chercher la voix au plus profond de soi.
Comment est-il possible que les bébés puissent crier si longtemps ?
Et sans même abîmer leurs cordes vocales.
Il faut remonter à la source de cette puissance.
Une plongée démente vers ce qui est caché en nous.
Tout cela a peut-être également un lien avec la mort.

Alfred charme, on a envie de l'aider, de le sauver même.
Kurt réfléchit, puis entrevoit une solution.
La grande cantatrice Paula Salomon n'a plus de professeur.
Celui qui travaille avec elle depuis si longtemps vient de renoncer.
À contrecœur, il a rompu leur collaboration.
Il n'avait plus le choix.
Il était menacé s'il continuait de travailler avec une juive.
Leur dernier cours fut une vive brûlure.
Ils se sont quittés sur le palier, en silence.

Quelques jours plus tard, on sonne à la porte.
Ce doit être le professeur envoyé par Kurt Singer.
C'est bien, il est ponctuel pour une fois.
Elle ouvre la porte, lui fait signe d'entrer.
Avant même d'enlever son manteau, il dit : c'est un honneur.
Avant même de dire bonjour d'ailleurs.
Un compliment qui fait plaisir à Paula.
Les louanges se font de plus en plus rares.
Elle ne chante quasiment plus en public.

On lui a retiré le droit d'être applaudie.
Mais elle doit continuer de travailler sa voix.
Car elle reviendra, c'est certain.

Alfred marche directement vers le piano.
Il devance Paula, comme s'il était déjà chez lui.
Il effleure l'instrument, et seulement alors enlève son manteau.
Il tourne la tête vers son hôtesse, et la regarde droit dans les yeux.
Après un moment de silence, il se lance dans un monologue.
Vous devez m'engager, c'est nécessaire.
Vous chantiez mieux avant, au début de votre carrière.
La routine du succès vous aura endormie.
Votre dernier disque est affreusement mécanique.
Je peux vous le dire franchement, il n'a pas d'âme.
Vous êtes immense, mais cela ne suffit pas.
Je vais faire de vous la plus grande cantatrice du monde.
Mes méthodes sont révolutionnaires, vous allez voir.
Enfin, vous allez entendre.

Il continue pendant de longues minutes, face à Paula ébahie.
Comment ose-t-il?
Comment peut-il débarquer et débiter tant de certitudes?
Pourtant, il n'a pas complètement tort.
Paula sent que son rapport à la musique est devenu raisonnable.
Que s'est-il passé?
Est-ce à cause de la situation politique?
Ou bien du succès qui anesthésie tout?
Alors que cet homme était censé l'aider, elle perd pied.
Personne ne lui a assené autant de vérités depuis bien longtemps.

Alfred prend un risque considérable.
Il a absolument besoin d'un emploi.

C'est un acte démesuré de s'adresser ainsi à elle.
Elle pourrait le renvoyer.
Qui est-il pour la juger ainsi?
Il continue à parler en arpentant le salon.
Les mains dans le dos.
S'arrêtera-t-il jamais?
Paula veut l'interrompre, dire : j'ai compris votre propos.
Elle voudrait, mais c'est impossible.
On dirait qu'Alfred relâche des siècles de mots.
Il prend à cœur cette mission qui ne lui a pas été confiée encore.
Paula comprend qu'elle ne doit pas se braquer.
Cet homme, aussi maladroit soit-il, veut son bien.
Il ne désire rien de plus que lui enseigner ses convictions.

Elle lève la main pour lui faire signe de se taire enfin.
Rien à faire, il parle encore et encore.
Paula ne saisit pas tout ce qu'il raconte.
Il semble que nous soyons en pleine anecdote sur Bach.
Enfin, il voit la main levée.
Alors, subitement, il s'arrête.
Paula se sent épuisée par ce qu'elle a entendu.
Elle trouve pourtant la force de dire : vous commencez demain matin.
Je vous attends à dix heures.

2

Débute alors une relation intense.
Chaque matin, ils se retrouvent autour du piano.
Pendant ce temps, Albert soigne les malades.
Et Charlotte se dessine elle-même.
Aux Beaux-Arts, elle étudie l'autoportrait.

Alfred est à présent un véritable divertissement pour Paula.
Il est charmant, excentrique, incroyablement érudit.
Ils parlent pendant des heures.
Le professeur est obsédé par le mythe d'Orphée.
Il est d'ailleurs en train d'écrire un livre sur le sujet.
Il pense sans cesse à la traversée des ténèbres.
Comment revient-on du chaos ?
Pour comprendre son obsession, il faut retourner dans le passé.

À peine âgé de dix-huit ans, il part pour le front.
Il veut fuir, disparaître, mais c'est impossible.
Une vie d'homme est alors une vie de combattant.
Le voilà confronté au pire.
Il rencontre la peur.
Debout dans la brume, interdiction de rebrousser chemin.
Tout déserteur sera fusillé.
Les nuages sont si bas.
La terre retournée respire les corps décomposés.
Le paysage n'est qu'une vaste désolation.
Comme Otto Dix, Alfred pense qu'il s'agit de *l'œuvre du diable*.

Une attaque décime son régiment.
Partout autour de lui, il observe les corps suppliciés.
Il est forcément mort lui-même.
Pourtant, quelque chose continue de battre en lui.
C'est sûrement son cœur caché au fond de son corps.
Ses oreilles lui font mal.
L'explosion lui a perforé les tympans.
Il lui semble néanmoins discerner un appel.
Ou un râle ?

Alfred ouvre les yeux, il est donc vivant.
Il voit le soldat qui se meurt près de lui.
Implorant son aide.
À cet instant, Alfred perçoit des présences.
Des soldats français progressent vers eux.
Probablement à la recherche de survivants à achever.
Il ne peut pas aider l'autre.
Il ne peut pas.
Ce n'est pas possible.
Il doit le laisser ainsi.
Offert à sa mort certaine.
Alfred se glisse sous un cadavre.
Et cesse de respirer.

Combien de temps est-il resté ainsi ?
Impossible de le dire.
Une patrouille finit par récupérer les blessés.
Alfred ne se souvient plus de rien.
Rapatrié à Berlin, il ne reconnaît pas même sa mère.
Il demeure ainsi pendant un an.
L'année 1919 n'existe pas pour lui.
Il ne peut plus parler, enchaîne les séjours en sanatorium.
Avec des compagnons de la vie brisée.
Les mois passent, et il faut laisser l'enfer derrière soi.
Ne surtout pas se retourner, comme Orphée.

Au cœur des ténèbres retentit alors une mélodie.
Au départ, elle est à peine distincte.
C'est la renaissance de sa voix.
Il se met à chanter tout doucement.
Plus que jamais la musique et la vie sont liées.

C'est ainsi qu'Alfred s'est jeté dans le chant : pour survivre.
Comme on se jette à l'eau pour mourir.

3

Auprès d'Alfred, Paula se sent progresser.
Elle se laisse entièrement guider par lui.
Et parfois maltraiter.
Il est capable de la couper en plein lied.
De l'invectiver sur une faute de tempo.
Elle éclate alors de rire.
Il prend tellement à cœur sa mission.
Comment définir ce qu'il ressent ?
Disons qu'il se sent à sa place.
Quelque chose le fixe ici.
À vrai dire, il est tombé amoureux.
Il écrit quelques lettres enflammées à Paula.
Voyons, n'y pensez pas.
Vous aimez être avec moi, mais vous ne m'aimez pas.
Elle n'a peut-être pas tort.
Alfred est simplement heureux de sentir son cœur battre.

Ce jour-là, Charlotte rentre plus tôt que prévu.
Elle veut rencontrer le fameux professeur de chant.
Le maître et l'élève ne l'entendent pas.
Paula pousse d'étranges cris, face à un Alfred surexcité.
Il lève les bras, comme pour toucher le plafond.
Charlotte n'en revient pas.
Encore, encore, encore! assène Alfred.
C'est presque inaudible tant le cri est strident.

Charlotte pose ses mains sur ses oreilles.
Elle n'ose se montrer, ni avertir de sa présence.
Mais Paula la voit subitement, et arrête son cri.
Ah c'est ma Lotte.
Viens ma chérie, viens.
Approche-toi, que je te présente M. Wolfsohn.
Alfred, elle peut m'appeler Alfred, voyons.
Charlotte avance doucement.
Si doucement qu'on jurerait qu'elle n'avance pas.

4

Le cours fini, Alfred pénètre dans la chambre de Charlotte.
Elle dessine à son bureau, mais se fige à l'arrivée de son visiteur.
Il observe la pièce dans ses moindres détails.
Ainsi, vous étudiez aux Beaux-Arts?
Oui.

Oui : c'est le premier mot qu'elle adresse à cet homme.

Alfred se met à lui poser plein de questions.
Quels sont ses peintres préférés?
A-t-elle une couleur favorite?
Aime-t-elle la Renaissance?
Soutient-elle les dégénérés?
Va-t-elle souvent au cinéma?
Il parle trop vite, les mots se chevauchent dans sa bouche.
Charlotte, perdue, mélange les réponses.
Elle répond «mauve» quand on lui demande si elle a vu *Metropolis*.

Paula entre à son tour dans la chambre.

Mon cher Wolfsohn, laissez cette enfant tranquille.

Je l'aime comme ma fille, ne l'embêtez pas.

Il ne m'ennuie pas, répond Charlotte.

C'est rare de la voir réagir ainsi.

Habituellement, elle laisse passer des mondes d'hésitations.

Entre ses pensées et ses paroles.

Paula est surprise.

Est-elle jalouse ?

Non, elle n'est pas amoureuse d'Alfred.

Au contraire, c'est bien qu'il s'intéresse à Charlotte.

Elle rencontre si peu de monde.

Elle s'enferme dans le dessin, presque religieusement.

Alors Paula quitte la pièce pour les laisser seuls.

Alfred examine les esquisses de Charlotte.

Elle se sent envahie par la peur.

Son corps tremble, mais de l'intérieur.

Vous avez un talent au-dessus de la moyenne.

Un compliment qui peut paraître un peu faible.

Mais que Charlotte considère comme un encouragement.

Cet homme est dans sa chambre, et il est attentif.

Un dessin attire alors l'œil du professeur.

Qu'avez-vous représenté ici ?

C'est inspiré d'un poème de Matthias Claudius.

Enfin, c'est dans le livret de Schubert.

J'ai illustré *La Jeune Fille et la Mort*.

Alfred semble troublé.

Avant de dire simplement : la jeune fille et la mort, c'est nous.

Charlotte prononce doucement les mots de la Jeune Fille :

Va-t'en! Ah! Va-t'en!
Loin de moi, cruel squelette.
Je suis encore jeune, laisse-moi.
Ne me touche pas.

Et Alfred répond par le texte de la Mort :

Donne-moi ta main, belle et tendre créature.
Je viens en amie, non pour te punir.
Sois courageuse, je ne suis pas cruelle.
Tu dormiras apaisée dans mes bras.

Ils demeurent un instant dans le silence.
Puis, sans ajouter un mot, Alfred quitte la pièce.
Charlotte se lève pour se poster près de la fenêtre.
Une minute plus tard, elle voit le professeur dans la rue.
Va-t-il se retourner pour la regarder?
Non, quelle idée absurde.
Il a déjà dû oublier.
Il est entré, comme ça, pour dire bonjour.
Une question de politesse.
Sa façon de regarder ses dessins, c'était cela aussi?
Un pur moment de courtoisie.
Il avait l'air sincère, pourtant.
Elle ne sait pas, elle ne sait plus.

De sa fenêtre, elle le regarde s'éloigner dans la rue.
Il ne se retourne pas, devient de plus en plus petit.
Elle tente de le suivre le plus longtemps possible.
En marchant, il bouge la tête.
On pourrait croire qu'il converse avec lui-même.

5

En sortant des Beaux-Arts, Charlotte aussi marche vite.
Barbara essaye de la retenir, mais rien à faire.
Elle reste seule, et cela la rend triste.
Habituellement, Charlotte sait si bien l'écouter.
Ses oreilles sont de parfaits puits à confidences.
Elle lui raconte ses histoires, et le baiser échangé avec Klaus.
Mais elle éprouve quelque chose d'étrange.
Si la vie de Charlotte paraît sinistre, il lui arrive de l'envier.
Il y a en elle une force émouvante.
Est-ce le charisme des taiseux?
Ou la puissance triste qui émane des exclus?
Barbara a tout, sauf ce qu'est Charlotte.
Alors, elle lui court après.
Mais Charlotte est déjà loin.

Dès qu'elle le peut, elle essaye de croiser Alfred.
Quand elle arrive trop tard, elle s'effondre sur son lit.
Depuis qu'il est entré dans sa chambre, elle se sent soumise.
Soumise à la puissance de son regard.
Elle peint pour lui, pour obtenir son approbation.
Elle se sent idiote.
Plusieurs fois déjà, elle l'a revu.
Il s'est contenté d'un sourire rapide.
Sans prendre le temps de s'intéresser de nouveau à elle.
Son intérêt n'aura-t-il duré qu'un jour?
Il y a peut-être une cohérence à tout cela.
Si un pays entier vous rejette, que faut-il espérer d'un homme?

Alors qu'elle n'y croit plus, Alfred reparaît.
Sans frapper, il s'invite dans sa chambre.
Elle relève la tête.
J'espère que je ne vous dérange pas?
Non, non, je rêvais.
J'ai une proposition à vous faire, enchaîne-t-il.
Le ton est grave, presque autoritaire.
Charlotte ouvre grands les yeux.
Voilà, c'est délicat, commence-t-il.
J'ai écrit un texte… disons… très personnel.
Oui, ce livre ne parle que de moi.
Il me semble qu'une œuvre doit révéler son auteur.
Enfin, je n'ai rien contre la fiction.
Mais c'est du divertissement tout ça.
Et les gens ont besoin de se divertir.
C'est leur façon de ne pas voir la vérité.
Enfin, ce n'est pas important, je vous le dis.
Nous possédons le sens du désordre.
Et rien n'est plus important, vous comprenez?
C'est à nous de décider du moment propice au chaos.
Et c'est à nous de décider de la mort, bien sûr.
Il me reste la liberté de marcher sur la tête.
À vous aussi, n'est-ce pas?

Je sais que vous n'allez pas me décevoir.
Je place en vous un grand espoir.

Alfred marque une pause à présent.
Tout ce qu'il demandera, Charlotte le fera.
Sa présence suffit à rendre chaque instant intense.
Je voudrais que tu illustres mon roman, dit-il enfin.
En la tutoyant subitement.

Sans même attendre sa réponse, il prend son sac.
Pour en sortir un paquet de feuilles griffonnées.
Charlotte s'empare délicatement du manuscrit.
Et parcourt rapidement les premières lignes.
Quand elle relève les yeux, il a disparu.

6

Charlotte lit plusieurs fois le texte d'Alfred.
Elle note sur un carnet les mots clés du livre.
Il évoque le temps passé sous un cadavre.
On peut tout quitter sauf ses obsessions.
De nombreuses scènes semblent sortir des ténèbres.
Elle voit de la beauté à l'expression de la peur.
N'est-elle pas elle-même effrayée en permanence?
Quand elle marche, parle, respire.
Elle est interdite de parcs et de piscines.
Sa ville entière est un champ de bataille.
Une prison pour son sang.

Elle commence par des croquis.
Pendant des heures, des jours, des nuits.
Sa vie entière est entre parenthèses.
Elle veut tant être à la hauteur de sa confiance.
Il lui a donné rendez-vous.
Dans deux semaines, au café, près de la gare.
Ils se verront ainsi sans que Paula le sache.

Le jour venu, elle applique un peu de rouge sur ses lèvres.
Va-t-il se moquer d'elle?

De son envie d'être féminine ?
Elle s'essuie finalement la bouche.
Avant de se maquiller à nouveau.
Elle ne sait pas comment il faut faire.
Pour qu'un homme la trouve belle.
Personne ne la regarde jamais.
Ou alors, c'est qu'elle ne remarque rien.
Barbara lui a dit que son Klaus la trouvait jolie.
Enfin non, il n'a pas dit jolie.
Il a dit que son visage avait beaucoup de force.
Ce qui veut dire quoi ?
Pour ce garçon, c'est un compliment.
Il trouve Barbara belle, mais sans caractère.
Mais Charlotte s'en moque.
Ce qu'elle veut, c'est plaire à Alfred.

Elle l'attend au café, près de la gare centrale.
En se donnant rendez-vous ici, ils défient la loi.
Assise, ses yeux fixent la grande horloge.
Alfred est en retard.
A-t-il oublié ?
S'est-elle trompée de jour ?
Ce n'est pas possible qu'il ne vienne pas.
Il arrive finalement, trente minutes après l'heure prévue.
Et se dirige rapidement vers Charlotte.
Il ne l'a même pas cherchée du regard.
Comme s'il savait instinctivement où elle était.
Alors qu'il s'assoit, il est déjà en train de parler.
Peut-être même sa phrase était-elle commencée depuis un moment.
Il lève le bras pour commander une bière.
Charlotte est étourdie par son apparition.

Il tourne la tête à droite, à gauche.
Comme attiré par tout ce qui n'est pas elle.

Le serveur apporte sa boisson, qu'il avale aussitôt.
D'une traite, sans respirer entre les gorgées.
Puis seulement s'excuse pour son retard.
Charlotte dit que ce n'est pas grave.
Mais il ne l'écoute pas.
Il se met à parler de Kafka.
Comme ça, c'est une irruption de Kafka.
Je voulais te dire, Charlotte, ma révélation.
L'œuvre entière de Kafka repose sur l'étonnement.
C'est son thème principal.
Si tu lis bien ses livres, tu verras l'étonnement.
De la transformation, de l'arrestation, de lui-même.
Charlotte ne sait que répondre.
Elle avait prévu des choses à dire, des analyses.
Elle était prête à parler du roman d'Alfred.
Mais pas de Kafka.
Sur Kafka, elle est dépourvue de mots.

Heureusement, il demande à voir les dessins.
Charlotte sort son grand carton, rempli de feuilles.
Alfred est surpris par l'importance du travail effectué.
Il pense : cette fille doit m'aimer.
Il pourrait éprouver une satisfaction à cela.
Mais aujourd'hui, quelque chose l'étouffe.
Son humeur marche dans la boue.
Ce n'est simplement pas le moment.
Il jette un œil rapide au travail de Charlotte.
Puis il dit n'avoir pas le temps d'émettre un avis.
Sa façon de faire est humiliante.

Pourquoi agit-il ainsi?
Lui si doux et si bienveillant habituellement.
Il se lève et annonce qu'il part.
Il attrape au passage le carton à dessins.
Elle n'a même pas le temps de penser à se lever aussi.
Il a fui si rapidement.
C'est déjà fini.
On aurait dit le brouillon d'un rendez-vous.

Charlotte demeure seule, hébétée.
Elle sort du café en titubant.
Il fait si froid maintenant à Berlin.
Par où doit-elle aller?
Elle ne reconnaît plus rien.
Sa vision se brouille.
À cause des larmes dans ses yeux.
Elle pourrait se jeter d'un pont.
Et mourir dans l'eau glacée.
Son chagrin se transforme en pulsions morbides.
Mourir, elle doit mourir le plus vite possible.
Soudain, un étrange sentiment l'envahit.
Il faut qu'elle sache ce qu'Alfred pense de ses dessins.
Elle pourrait lui en vouloir, mais non.
Son avis demeure plus important que sa vie.

7

Les jours passent sans la moindre nouvelle.
Charlotte n'ose pas demander à Paula la date du prochain cours.
Il faut attendre sagement.

De toute façon, Alfred va revenir.
Le retour est sa trajectoire préférée.

Enfin, il est là.
Charlotte entre chez elle, et entend Paula chanter.
Elle traverse doucement le salon, pour ne pas les déranger.
Mais assez lentement pour être repérée.
Le bonheur du moment la rend amnésique.
Elle oublie tout de sa déconvenue du café.
Plus rien n'existe que l'extase de le revoir.
Elle va s'asseoir sur son lit, jeune fille docile, et espère.

Il ouvre la porte de sa chambre.
Comme toujours, il ne frappe pas.
Il n'y a pas de frontière entre eux.
Je voulais m'excuser, dit-il aussitôt.
Pour la brutalité de mon attitude.
Elle aimerait répondre que ce n'est rien, mais elle ne peut pas.

Il ne faut rien attendre de moi.
Est-ce que tu m'entends ?
Charlotte hoche doucement la tête.
Si l'on me brusque, je ne peux rien donner.
Je ne supporte pas l'idée d'être attendu quelque part.
La liberté est le slogan des survivants.
Alfred pose une main sur la joue de Charlotte.
Avant de dire : merci.
Merci pour tes dessins.
Ils sont naïfs, approximatifs, inaboutis.
Mais je les aime pour la puissance de leur promesse.
Je les aime car j'ai entendu ta voix en les regardant.
J'ai ressenti une forme de perte et une incertitude aussi.

Peut-être même l'esquisse d'une folie.
Une folie douce et docile, sage et polie, mais réelle.
Voilà.
Ce que je voulais te dire.
Nous sommes un très beau début.

Alfred repart en lui serrant la main.
Il a compris que Charlotte s'est livrée entièrement.
Pour la première fois, ses dessins ont été dictés par la nécessité.
Elle n'a pas exécuté mais vécu l'œuvre.
Ce moment est fondateur pour la jeune fille.
L'homme qu'elle aime a posé des mots sur sa frénésie.
Ce qu'elle vient de vivre l'enivre.
Elle sait maintenant où aller.
Elle sait où se cacher, s'abriter de la haine.
Peut-elle s'avouer qu'elle se sent artiste ?
Artiste.
Elle répète ce mot.
Sans être réellement capable de le définir.
Peu importe.
Les mots n'ont pas toujours besoin d'une destination.
On les laisse s'arrêter aux frontières des sensations.
Errant sans tête dans l'espace du trouble.
Et c'est bien là le privilège des artistes : vivre dans la confusion.

Elle tourne en rond dans sa chambre.
Saute sur son lit, rit idiotement.
Son destin lui paraît fabuleux à cet instant.
La démesure s'empare d'elle.
Sous la forme d'une fièvre.
Une fièvre bien réelle.
Charlotte est bouillante.

Le soir, son père est très inquiet.
Il prend la température de sa fille.
Et remarque le rythme étrange des pulsations de son pouls.
Il lui pose alors de nombreuses questions.
Es-tu sortie peu couverte ?
Non.
As-tu mangé quelque chose qui ne passe pas ?
Non.
Es-tu contrariée ?
Non.
Quelqu'un t'aurait-il insultée ?
Non, papa.

Charlotte le rassure, dit qu'elle se sent mieux.
C'était une crise passagère, tout va bien.
Rassuré, il embrasse sa fille.
Et constate qu'elle n'est plus chaude du tout.
Quel étrange phénomène tout de même.
Une fois qu'il est parti, elle ne parvient pas à dormir.
Elle seule sait exactement ce qui s'est passé dans son corps.

8

Charlotte veut éblouir Alfred, c'est certain.
Mais son espoir est complexe.
Après le sentiment de force, elle retombe dans le doute.
Et passe son temps à se déprécier.
Elle ne peut croire qu'elle suscite un intérêt véritable.
L'homme se rendra forcément compte de sa médiocrité.
C'est une évidence.

Il posera un regard de lumière sur elle.
Éclatera de rire en démasquant la supercherie.

Elle veut se cacher sous sa couverture.
Subitement, les encouragements se transforment en peurs.
Elle est terriblement effrayée à l'idée de le revoir.
Le revoir, c'est risquer de le décevoir.
Et il la délaissera, c'est déjà écrit.
Alors elle souffrira.
Elle a si peur.
Est-ce ainsi qu'on aime?

Quand elle revoit Alfred, elle se sent d'humeur taciturne.
Son corps abrite une armée de parenthèses.
Il y a comme une barrière autour de toi, dit-il.
Alors, il essaye de la faire rire.
Il tente l'absurde, le grotesque, la démesure.
Charlotte esquisse un sourire.
C'est une brèche dans sa crispation.
Plus personne ne cherche à l'amuser.
Depuis des années, l'atmosphère est sinistre.
Chaque soir, son père tente de cacher les humiliations de la journée.
Paula fait mine de penser à sa carrière.
Au jour où elle pourra de nouveau voyager.
Alfred, lui, ne leur ressemble pas.
C'est un homme qui sort de nulle part.
On ne dirait pas qu'il respire en 1938.

À nouveau, il lui a donné rendez-vous dans un café.
C'est la seconde fois qu'ils bravent l'interdit.
Ils n'ont pas le droit d'être là, peu importe.
C'est un endroit particulier.

94

De nombreux chats se promènent entre les tables.
Et se frottent aux jambes des clients.
Il y a comme une atmosphère de rêve éveillé.
Avec la fumée dense qui s'échappe de certains cigares.
Je connais tous les chats qui sont ici, dit Alfred.
Je les ai tous baptisés de noms de musiciens.
Là il y a le petit Mahler, et là le gros Bach.
Regarde comme Vivaldi ronronne.
Et puis, bien sûr, il y a mon préféré.
C'est Beethoven.
Tu vas voir, il est sourd comme un pot.
Appelle-le, propose-lui du lait, il ne se retournera pas.
Charlotte, un peu gênée, tente d'attirer le chat.
Rien à faire, il ne la regarde pas.
Il cligne des yeux, au bord du sommeil.

Alfred continue d'humaniser les chats.
Il en profite pour reparler de Schubert.
Tous deux évoquent à nouveau *La Jeune Fille et la Mort*.
C'est un quatuor qui les obsède de manière similaire.
Alfred se lance dans un monologue sur la vie du musicien.
Tu sais, Schubert n'était pas très doué avec les femmes.
Il était petit et se trouvait difforme.
Avec tout ce qu'il a composé, il connaissait peu le sexe.
Il est mort quasi vierge.
On le sent parfois en l'écoutant.
Ses mélodies hongroises sont celles d'un puceau.
Il n'y a pas de chair chez Schubert.
Et puis il a couché avec une prostituée.
Qui lui a refilé une maladie mortelle.
Son agonie a duré des années.
Pauvre Schubert, n'est-ce pas?

Enfin, il a maintenant un chat qui porte son nom.
C'est une forme de postérité tout de même.

Charlotte est étourdie.
Elle pense à Schubert, bien sûr.
Mais c'est une question plus intime qui la brûle.
Et toi ?
Quoi moi ?
Et toi Alfred, as-tu connu beaucoup de femmes ?
Des femmes…
Oui, cela m'est arrivé d'en connaître.
C'est ainsi qu'il répond.
D'une manière évasive.
Et puis, subitement, il se reprend.
Oui, j'ai connu des femmes.
Je ne peux pas te dire combien.
Mais toutes ont eu de l'importance.
Cela ne peut pas être anodin.
Une femme nue devant moi.
Une femme qui ouvre la bouche.
J'ai respecté chacune d'entre elles.
Y compris les plus éphémères.

9

Charlotte oublie le reste du monde.
L'inquiétude des siens.

Quand elle rentre, son père l'attend dans le salon.
Est-il soulagé ou furieux ?

Sûrement un mélange des deux.
Au bout d'un moment, Albert se met à crier.
Où étais-tu?!
Penses-tu au moins à nous?
Notre inquiétude, notre désespoir?
Charlotte baisse la tête.
Elle sait que la nuit tout peut arriver.
Si elle se fait contrôler, on peut l'embarquer.
On peut la frapper, la torturer, la violer, la tuer.
Elle s'excuse, mais ne parvient pas à pleurer.
Elle se contente de balbutier qu'elle rêvait.
C'est le premier alibi qui lui vient.
Paula s'approche pour apaiser la situation.
Ne nous fais plus jamais cela, dit-elle.
Si tu veux rêver, viens rêver ici.

Charlotte promet de faire attention.
Mais ce n'est pas une vie, pour une jeune femme.
Elle a vingt et un ans, elle voudrait être libre.
Le moindre de ses souffles doit être planifié.
Toute improvisation est interdite.
Mais au fond, plus rien ne compte ce soir.
Elle est heureuse.
Elle pourrait vivre en prison, tant qu'il est là.
Au moment d'embrasser son père, un sourire apparaît.
Le visage de Charlotte s'illumine.
Elle tente de refréner un fou rire.

Paula l'observe, sans comprendre.
C'est la première fois qu'elle la voit ainsi.
Habituellement, elle est si renfermée.
Il y a deux minutes, elle était au bord des larmes.

Elle s'excusait sincèrement.
Et la voilà qui bascule dans le sourire.

Pardon.
Pardon, répète Charlotte en courant vers sa chambre.
Paula et Albert se regardent, circonspects.
Pour ne pas dire inquiets.
Après tout, la démence est une histoire de famille.

10

Quelques jours plus tard, ils se retrouvent à Wannsee.
Un endroit magique de Berlin, avec trois lacs.
Le temps couvert a chassé le monde.
Ils sont seuls à cet instant.
Et Charlotte est libre.
Cette fois, elle a prévenu : je suis chez Barbara.

Ils s'assoient sur un banc qui leur est interdit.
Leurs corps cachent l'inscription.
NUR FÜR ARIER : seulement pour les aryens.
Avec Alfred, Charlotte se sent capable d'oser.
Je n'en peux plus de notre époque, dit-elle.
Cette époque qui n'en finit pas de durer.

À quelques mètres de leur banc, il y a la villa Marlier.
Ils admirent la beauté et l'élégance de cette maison.
Le 20 janvier 1942 se retrouveront ici les hauts dignitaires nazis.
Pour une petite réunion de travail dirigée par Reinhard Heydrich.
Les historiens l'appellent *la conférence de Wannsee*.

En deux heures seront peaufinés les rouages de la Solution finale.
Les méthodes de liquidation définies.
Voilà, tout est clair maintenant.
On a bien travaillé, messieurs.
Il est temps de se détendre un peu au salon.
Un très bon cognac est servi.
Que l'on déguste avec le sentiment du devoir accompli.

Aujourd'hui, les hommes de la réunion sont figés par des photos.
Ils sont immortels, ou plutôt : interdits à l'oubli.
La villa est devenue un lieu de mémoire.
Je l'ai visitée par un soleil radieux, en juillet 2004.
On peut traverser l'horreur.
La longue table de la réunion est effrayante.
Comme si les objets avaient participé au crime.
L'endroit est chargé à perpétuité de terreur.
C'est donc ça, *avoir froid dans le dos.*
Je n'avais jamais compris cette expression auparavant.
La manifestation physique d'une pointe glaciale.
Qui parcourt la colonne vertébrale.

11

Alfred prend la main de Charlotte.
Allons faire un tour en barque.
Mais il va sûrement pleuvoir, répond-elle.
Et alors?
La pluie est-elle vraiment un danger en Allemagne?
Ils montent dans l'embarcation.
Et se laissent dériver le long du grand lac.

Le ciel s'obscurcit, telle la pénombre dans une chambre.
Charlotte s'allonge.
Elle éprouve encore plus de plaisir aux mouvements de l'eau.
Elle pourrait dériver à jamais.
Sa position rappelle à Alfred une œuvre de Michel-Ange.
Une sculpture qui s'appelle *La Nuit*.
Un idéal face à lui.
L'orage se met à gronder.
Le monde est purifié par le tonnerre, dit-il.
Il s'approche d'elle pour l'embrasser.

Perdus dans leur baiser, ils n'entendent pas.
Un homme leur crie de revenir.
Ils sont fous de rester sous le déluge.
Enfin, ils reviennent à la réalité.
Le bateau est plein d'eau.
Il faut vite regagner la rive.
Avec ses mains, Charlotte tente de vider l'eau.
Tandis qu'Alfred rame.
Ils parviennent heureusement au rivage.
Et descendent en riant.
Sous le regard effaré du loueur.
Ils quittent alors le parc en courant.
La pluie fait d'eux des fugitifs.

12

Elle accepte d'aller chez lui.
Trempés, ils pénètrent dans le taudis.
Le décor n'a aucune importance.

Il y a des piles de livres au sol.
Il lui dit de se déshabiller pour ne pas attraper froid.
Elle s'exécute, sans même réfléchir.

Elle pensait avoir peur, c'est le contraire.
Elle sent l'audace monter à la mesure du désir.
Il prononce : Charlotte.
Plusieurs fois.
Elle aime son prénom dans sa bouche.
Charlotte encore.

Elle est nue, debout.
Il descend le long de son corps avec des baisers.
Une promenade perdue entre la douceur et le supplice.
Ses errances folles sont pourtant si précises.
Elles effleurent déjà la consécration sensuelle.
Charlotte se cambre avec des oui.
Alfred, mon amour.

À son tour, il se dévêt.
Et ils s'avancent vers le lit.
Ils sont passés d'un monde à un autre.
Sans la moindre transition.
Certaines incertitudes aboutissent à des évidences.
Ils s'enlacent et c'est acide.
Presque des morsures de l'envie.
Il observe la jeune femme nue et offerte.
Telle une preuve giflée par la vie.
Il peut parler, rêver, chanter, écrire, créer, mourir.
Mais c'est le seul instant qui vaut la souffrance.
Le vice sous l'apparence de l'innocence.
Le reste n'a aucune importance.

Alfred le sait doublement.
C'est un artiste, et c'est un homme.

Alors qu'elle se sentait forte, c'est un ravage.
Le corps de Charlotte se met à trembler.
Il y a des ombres sur son visage.
C'est le passé qui prend la fuite.
Effrayé par l'hégémonie totale du maintenant.
Elle s'abandonne, avec plus de force encore.
Ainsi parle son bonheur.

CINQUIÈME PARTIE

1

L'année 1938 est aussi celle de la désintégration.
Les derniers espoirs de Charlotte vont voler en éclats.
Une humiliation terrible l'attend.

Chaque printemps, un concours est organisé aux Beaux-Arts.
À partir d'un sujet défini, les élèves produisent une œuvre.
C'est le moment lumineux de l'année.
Celui où l'on distribue les prix et les honneurs.
Ludwig Bartning est de plus en plus admiratif de Charlotte.
Il est heureux d'avoir lutté pour son intégration.
Depuis quelques mois, ses progrès sont fulgurants.
Il ne s'agit pas d'une amélioration technique.
Certes son dessin s'affine, se précise.
Mais il est frappé par l'aisance de sa protégée.
Elle détourne chaque exercice pour exercer sa voix.
Singulière, étrange, poétique, fébrile aussi.
Son dessin dit ce qu'elle est.
Sa force ne se voit pas de prime abord.
Sa particularité se cache quelque part, à l'abri des couleurs.

Le regard de Ludwig est happé.
Cela fait des années qu'il n'a pas vu ça.
Personne ne le sait, sauf lui.
Il y a un génie parmi les étudiants.

Le concours est toujours anonyme.
Une fois les œuvres primées, on découvre leur auteur.
Les professeurs sont réunis autour d'une table.
À l'unanimité, on choisit un tableau.
Pour une fois, la délibération a été rapide.
C'est toujours un moment excitant.
Chacun y va de son pronostic.
Quelques prénoms sont prononcés.
Mais au fond, personne ne sait vraiment.
Le vainqueur a brouillé les pistes.
Personne ne reconnaît le trait d'un des élèves.
Il est temps maintenant de découvrir l'artiste.
Avec le dessin, il y a une enveloppe.
Le professeur qui vient de l'ouvrir se tait.
Les autres se penchent vers lui : alors?
Il regarde ses collègues, comme pour ménager un effet.
Avant de faire son annonce d'une voix blanche.
Le premier prix est attribué à Charlotte Salomon.

Le malaise s'installe aussitôt.
Il est impossible qu'elle reçoive ce prix.
La cérémonie est trop suivie.
On parlerait d'enjuivement de l'école.
La lauréate elle-même serait trop exposée.
Elle deviendrait immédiatement une cible.
Et risquerait l'enfermement.

Ludwig Bartning comprend la gravité de la situation.

Quelqu'un tente : et si on votait à nouveau ?

Non, ce serait trop injuste.

On peut la priver de son prix mais pas de sa victoire.

Voilà ce que dit son ardent défenseur.

Il se bat pour elle, comme il peut.

Son soutien à Charlotte peut lui être fatal.

Tout se sait, rien ne se tait.

Son courage est finalement récompensé.

Car il obtient la validation du prix.

Une heure plus tard, il attend Charlotte dans le grand hall.

Il lui fait un signe de la main.

Elle s'approche, toujours avec cette timidité dans le pas.

Il ne sait par où commencer.

Ce devrait être un moment de joie.

Son visage est pourtant défait.

Enfin, il lui annonce qu'elle est lauréate.

Mais ne lui laisse pas le temps d'exprimer son bonheur.

Il atténue la nouvelle par la décision professorale.

Elle ne pourra pas aller chercher son trophée.

Deux émotions contradictoires secouent Charlotte.

C'est une joie, et c'est une souffrance.

Elle admet qu'elle ne peut pas se montrer.

Depuis deux ans, elle est une ombre.

Mais aujourd'hui, c'est tellement injuste.

Il lui explique que c'est son œuvre qui sera récompensée.

Mais quelqu'un d'autre ira chercher le prix.

Qui ça ? demande Charlotte.

Je ne sais pas, répond Ludwig.

Barbara.

Voilà le nom que propose Charlotte.

Barbara.

Barbara, tu es sûre? demande-t-il.

Certaine.

Pourquoi elle?

Elle a déjà tout, alors on doit lui donner davantage, répond Charlotte.

Trois jours plus tard, Barbara est sur l'estrade.

Trois jours de larmes pour Charlotte.

La lauréate blonde est tout sourire.

Elle accepte ce prix qui n'est pas le sien.

Sans paraître gênée.

Il semble qu'elle croie vraiment être la gagnante.

Elle remercie ses parents et ses amis.

Elle devrait aussi remercier son pays, pense Charlotte.

Qui, humiliée, observe la mascarade.

Au beau milieu de la cérémonie, elle s'enfuit.

Ludwig la suit du regard.

Il voudrait la rattraper, la soutenir encore.

Mais elle est partie si vite.

Tout juste entend-elle le bruit des applaudissements.

Au moment où elle sort de l'Académie.

Elle court jusqu'à son appartement.

Une fois dans sa chambre, elle reste immobile sur son lit.

Puis se lève pour froisser ses dessins.

Elle en déchire certains.

Attirée par le bruit, Paula la rejoint.

Mais que fais-tu?

Que se passe-t-il?

Je ne retournerai plus jamais aux Beaux-Arts, dit-elle froidement.

2

Charlotte passe des journées entières assise sur son lit.
Alfred est au cœur de chacune de ses pensées.
Cela tourne à l'obsession.
Plus tard, elle dessinera son visage à l'infini.
Des centaines de croquis de son amour.
Elle se souviendra aussi de tous ses mots.
Le présent commence à prendre la forme du toujours.

Après leur première nuit, il a disparu à nouveau.
Plus la moindre nouvelle.
Et il ne donne plus de cours à sa belle-mère.
Charlotte doit accepter son silence.
Il ne faut jamais rien attendre de moi, a-t-il dit.
Mais c'est si dur.
C'est au-dessus de ses forces.
Elle s'habille pour sortir.
Elle annonce à sa belle-mère qu'elle va voir une amie.

Il est toujours dangereux de sortir le soir.
Elle peut être contrôlée, bien sûr.
Mais le risque n'est pas si grand.
Un sourire peut parfois tenir lieu de papiers.
Surtout quand on possède l'apparence d'une aryenne.
C'est le cas de Charlotte.
Ses cheveux châtains sont clairs, et ses yeux aussi.
Sans ce mauvais sang, elle serait libre de vivre.
Elle marche dans la nuit noire.

Jusqu'à se retrouver en bas de chez lui.
Elle se terre dans la pénombre, la fièvre au cœur.
Elle ne veut pas monter, juste le voir.
Et puis, elle sait qu'il ne lui pardonnerait pas de s'imposer.
Elle a promis de ne jamais le faire.
De respecter totalement sa liberté.
Mais pourquoi ne donne-t-il pas de nouvelles ?
Peut-être a-t-il menti sur ses sentiments ?
La nuit avec elle a été terrible et décevante.
Et il n'a pas osé le lui dire.
C'est sûrement ça.
Ce ne peut être que ça.
Peut-être même qu'il a oublié son prénom.
Lui qui aimait tant dire : Charlotte.

À cet instant, elle le distingue à travers la vitre.
La simple vue de son ombre la bouleverse.
La pièce est éclairée à la bougie.
Alfred apparaît et disparaît au rythme de ses mouvements.
Cela confère à la réalité l'improbabilité du rêve.
C'est alors qu'une silhouette interrompt la scène.
Une femme semble errer dans le salon.
Avec obstination, elle recherche quelque chose.
Puis, sans transition, elle se précipite tout contre Alfred.
Charlotte ne respire plus.
Pourtant, elle sait qu'Alfred est libre.
Il n'a jamais promis de lui appartenir.
Ils ne sont pas un couple.
Ils sont des moments d'ailleurs.

Il se met à pleuvoir encore.
C'est toujours ainsi : dès qu'ils se rapprochent, il pleut.

Le ciel se couvre pour leurs rencontres.
Charlotte ne parvient pas à bouger, à se protéger de l'eau.
Alfred semble terriblement agacé.
Il saisit fermement la femme par le bras.
Et l'accompagne vers la sortie.

Ils sont dehors maintenant, à quelques mètres de Charlotte.
La fille implore, mais quoi?
Elle dit sûrement qu'il est impossible de partir sous une telle pluie.
Alfred insiste, la repousse avec des gestes de fou.
Elle se résigne, tête baissée.
Il demeure sans bouger, probablement soulagé.
Au bout d'un moment, Alfred tourne la tête.
Et voit Charlotte.

Il lui fait signe de s'approcher.
Elle traverse lentement la rue déserte.
Que fais-tu là? demande-t-il froidement.
Il connaît la réponse.
Je voulais te voir, je n'avais pas de nouvelles.
J'allais t'écrire, il ne fallait pas être pressée.
Il hésite un instant avant de lui proposer de monter.
Le cœur de Charlotte bat intensément.
Elle va retrouver son royaume.
Le sol de cette chambre miteuse.
Où il lui fera peut-être encore l'amour.

Pour l'instant, elle s'assoit sur le bord d'une chaise.
Figée dans la gêne.
Elle s'excuse d'avoir enfreint leur règle.
Elle sent bien qu'il est très agacé.
Jamais elle n'aurait dû venir.

Tout est fini, par sa faute.

Elle est née pour gâcher ses joies.

Alors, pourquoi s'enfonce-t-elle en demandant :

Et cette femme?

Ne me pose pas de questions, Charlotte.

Jamais, tu entends?

Jamais.

Mais pour cette fois, je te réponds.

Cette femme est ma fiancée.

Elle venait récupérer des affaires, c'est tout.

Elle avait l'air de souffrir, répond Charlotte.

Et alors?

Dois-je aussi m'occuper de la souffrance des autres?

Après un temps, il ajoute : ne fais plus jamais ça.

Quoi?

Venir, ainsi.

Si tu m'oppresses, tu me perds.

Pardon, pardon, répète-t-elle.

Avant d'oser à nouveau : mais, tu l'aimes?

Qui ça?

Eh bien, cette femme...

Ne me demande rien.

Il n'y a pas de temps dans la vie pour ce genre de scènes.

Si tu veux tout savoir, nous sommes séparés.

Elle est venue chercher un livre oublié.

Mais si j'avais été avec elle, cela n'aurait rien changé.

Charlotte ne comprend plus très bien ce qu'il dit.

Mais cela n'a pas d'importance.

Elle sait simplement qu'elle est bien ici, avec lui.

Combien de fois éprouve-t-on ce sentiment?

Une fois, deux fois, jamais.

Elle tremble de froid.
Ses dents s'entrechoquent.
Il s'approche pour la réchauffer, enfin.

3

Quelle fut la logique de son mutisme?
Alors qu'il semble émerveillé à l'idée de la revoir.
Il passe de longues minutes à la contempler.
On pourrait le penser à l'origine du moment.
Croire qu'il a tout fait pour la retrouver.
C'est incompréhensible.
Charlotte se perd dans un labyrinthe d'analyses stériles.
Cela ne sert à rien.
Elle veut s'offrir, et c'est tout.
Il est plus brutal que la fois précédente.
Il tire ses cheveux avec une force amoureuse.
La bouche de Charlotte s'ouvre.
Et voyage le long du torse de son aimé.
L'énergie qu'elle met à lui donner du plaisir l'émeut.
Elle en raffole maintenant.
C'est tout un espoir qui parcourt sa gorge.
Elle semble si bien savoir ce qu'il aime.

Heureuse, Charlotte s'endort.
Il la regarde encore, enfant à la sauvagerie apaisée.
Il fallait donc survivre pour ce moment.
Alfred plonge son visage dans les cheveux de Charlotte.
Une image vient à lui.

Celle d'un tableau de Munch :
Tête d'homme dans les cheveux d'une femme.

Il reste ainsi un instant, avant de se relever.
Il marche vers sa table de travail et se met à écrire.
Des poèmes ou simplement des phrases orphelines.
Quelques pages inspirées par la beauté.
Charlotte s'éveille.
A-t-elle entendu le vacarme des pensées de son amant?
Elle s'approche des mots écrits.
Alfred dit : c'est pour toi.
Il faut que tu les lises en imaginant une musique de Schubert.
Oui, oui, oui, dit-elle, songeant aux *Impromptus.*
Elle entame la lecture, et les mots viennent à elle.
Ce n'est pas toujours au lecteur d'aller vers les phrases.
Surtout celles d'Alfred, puissantes et indomptables.
Charlotte souligne mentalement chacune.
Il parle d'elle et de lui, et c'est l'histoire d'un monde.
C'est l'impromptu en sol *bémol* majeur de Schubert.
Ils sont le bémol des reclus, et le majeur des évidences.

Elle essaye de saisir une page, mais Alfred l'en empêche.
Il s'empare de toutes les feuilles.
Et les jette au feu.
Charlotte hurle.
Pourquoi?!
Subitement.
En une seconde.
Alors qu'il a dû mettre des heures à les écrire.
Elle pleure.
Elle est désespérée.
Personne ne lui avait écrit de tels mots.
Et voilà que cela n'est plus.

Il la prend dans ses bras.
Il dit que cela existe, et existera toujours.
Non sous une forme matérielle.
Mais dans le souvenir.
Cela existera avec la musique de Schubert.
La musique que l'on n'entend pas, mais qui est là.
Il continue de lui expliquer la beauté du geste.
L'essentiel, c'est que ces mots aient été écrits.
Le reste n'a pas d'importance.
Nous ne devons plus laisser de preuves aux chiens.
Il faut ranger nos livres et nos souvenirs en nous.

4

Au même instant, en France, un homme se lève.
Il s'observe dans le miroir de sa chambre.
Il y a longtemps qu'il ne se reconnaît plus.
Il pourrait à peine dire son nom : Herschel Grynszpan.

Juif polonais de dix-sept ans, contraint à l'exil, il vit à Paris.
Il vient de recevoir une lettre désespérée de sa sœur.
Toute sa famille est expulsée.
Sans préavis, ils doivent quitter leur pays.
Ils se retrouvent dans un camp de réfugiés.
Depuis trop longtemps, la vie de Grynszpan n'est qu'humiliation.
Son existence est celle d'un rat, pense-t-il.
Alors, ce matin du 7 novembre 1938, il écrit :
Je dois protester pour que le monde entier entende mon cri.

Armé d'un pistolet, il pénètre dans l'ambassade d'Allemagne.
Prétextant un rendez-vous, il se retrouve dans le bureau d'un conseiller.

Plus tard, on dira qu'il s'agissait d'un règlement de comptes.

Une histoire intime et sexuelle qui aurait mal tourné.

Est-ce important?

À cet instant ne compte que la haine.

Le troisième conseiller, Ernst vom Rath, est livide.

Il n'y a pas de doute quant à la détermination du jeune homme.

Pourtant, celui qui veut tuer tremble.

Ses mains sont moites.

La scène semble se prolonger indéfiniment.

Alors que non.

Il tire maintenant.

Il abat l'Allemand à bout portant.

Plusieurs coups successifs.

La tête du conseiller heurte le bureau.

Créant une fissure à la tempe.

Le sang coule sur le parquet.

Une mare rouge se forme autour du tireur.

Des officiers entrent.

Le tueur ne cherche pas à s'enfuir.

La nouvelle se répand aussitôt dans Berlin.

Le Führer entre dans une colère noire.

La vengeance doit être immédiate.

Comment a-t-il osé?

Vite, écraser cette vermine.

Et puis, non.

Pas lui.

Mais tous.

C'est une race.

Elle se répand.

Ce sont tous les juifs qui ont tué vom Rath.

À la rage se mêle la jouissance.
Celle des représailles.

Le déchaînement est total.
C'est ainsi que débute *La nuit de Cristal.*
Du 9 au 10 novembre 1938.
On profane les cimetières.
On réduit à néant les biens.
Des milliers de magasins sont saccagés.
Et les marchandises pillées.
On force certains à chanter devant les synagogues en feu.
Puis on brûle leur barbe.
D'autres sont battus à mort sur des scènes de théâtre.
Où les cadavres s'entassent comme des déchets.
Des milliers d'hommes sont internés dans des camps.
Des milliers.
Dont le père de Charlotte.

5

La famille Salomon déjeune en silence.
On frappe à la porte.
Charlotte regarde son père.
Chaque bruit est une menace.
Cela ne peut être autrement.
Tout le monde reste autour de la table.
Sans bouger, immobilisé par la peur.
On frappe à nouveau.
Les coups sont plus incisifs.
Il faut faire quelque chose.

Dans le cas contraire, ils vont forcer la porte.
Albert se lève finalement.
Deux hommes en costumes sombres apparaissent.
Albert Salomon?
Oui.
Veuillez nous suivre.
Où allons-nous?
Ne posez pas de questions.
Puis-je prendre quelques affaires?
Ce ne sera pas utile, dépêchez-vous.

Paula tente d'intervenir.
Albert lui fait signe de se taire.
Il vaut mieux éviter les histoires.
Au moindre agacement, ils tireront.
Ils ne veulent que lui, c'est déjà ça.
Sûrement pour un interrogatoire.
Ça ne durera pas longtemps.
Ils s'apercevront qu'il est un héros de guerre.
Il a donné son sang pour l'Allemagne.

Albert met son manteau et son chapeau.
Et se retourne pour embrasser sa femme et sa fille.
Cessez de traîner!
Ses baisers sont fugitifs, volés.
Il quitte l'appartement sans se retourner.
Charlotte et Paula se serrent dans les bras l'une de l'autre.
Elles ne savent pas pourquoi ils l'ont pris.
Elles ne savent pas où ils l'emmènent.
Elles ne savent pas pour combien de temps.
Elles ne savent rien.
Kafka l'a écrit dans *Le Procès*.

Le héros, Joseph K., est arrêté sans raison.
Tout comme Albert, il préfère ne pas résister.
La seule attitude judicieuse consiste à s'accommoder de l'état des choses.
C'est donc ça.
C'est «l'état des choses».
Il n'y a rien à faire contre l'état des choses.
Mais jusqu'où va cet état-là?
Le processus semble irrémédiable.
Tout est déjà écrit dans le roman.
Joseph K. sera tué comme un chien.
Comme si *la honte devait lui survivre.*

6

Sans la moindre explication, Albert est jeté à Sachsenhausen.
Un camp de concentration au nord de Berlin.
Il est parqué dans une pièce exiguë avec d'autres hommes.
Albert en reconnaît certains.
On échange quelques mots pour se rassurer.
On se rejoue les pitoyables scènes de l'optimisme.
Mais plus personne n'y croit.
Cela va beaucoup trop loin maintenant.
On les laisse crever, sans boire, sans manger.
Pourquoi personne ne vient-il les voir?
Comment peuvent-ils être traités ainsi par leurs compatriotes?
Au bout de nombreuses heures des officiers débarquent.
Ils ouvrent le baraquement.
Quelques protestations s'élèvent.
On se saisit immédiatement des contestataires.

Ils sont traînés jusqu'à un autre coin du camp.
On ne les reverra plus.

On explique aux prisonniers qu'ils vont être interrogés.
Ils doivent former une file.
Debout dans le froid, ils attendent pendant des heures.
Certains sont trop âgés ou trop malades pour résister.
Ceux qui tombent sont transportés ailleurs.
Eux non plus, on ne les reverra pas.
Les nazis n'exécutent pas encore en plein jour.
On abat les réfractaires et les faibles dans l'arrière-cour.
Albert se positionne au milieu de la lignée d'hommes dignes.
Oui, ils sont dignes.
On sent la volonté de ne pas offrir en plus du reste sa douleur.
C'est la seule chose que l'on peut conserver.
Quand on n'a plus rien.
L'envie de se tenir droit.

Son tour vient.
Il se trouve face à un jeune homme qui pourrait être son fils.
Tu es médecin, pouffe-t-il.
Oui.
Ça ne m'étonne pas, un vrai travail de juif.
Ici, tu vas arrêter de te tourner les pouces, sale fainéant!
Comment peut-on le traiter de fainéant, lui?
Il a travaillé toute sa vie comme un damné.
Pour faire progresser la médecine.
Si le merdeux ne meurt pas d'un ulcère, ce sera grâce à lui.
Albert baisse les yeux, c'est trop à supporter.
Regarde-moi! crie le jeune nazi.
Regarde-moi quand je te parle, vermine!
Albert redresse la tête, comme un pantin.

Prend la feuille de papier qu'on lui tend.
Pour y lire le numéro de son dortoir, et son matricule.
Il n'a plus le droit d'avoir un nom.

Les premiers jours sont effroyables.
Albert n'a pas l'habitude des travaux physiques.
Il est exténué, mais il sait qu'il doit tenir.
Tomber, c'est risquer de partir.
Partir vers cet endroit d'où personne ne revient.
L'épuisement anéantit sa capacité à penser.
Il lui arrive, par moments, de ne plus rien savoir.
Il ne sait plus où il est, qui il est.
Comme lorsqu'on se réveille d'un cauchemar.
Il faut quelques secondes avant de réintégrer le réel.
Albert demeure de longues heures dans cette zone.
Celle où la conscience erre.

Charlotte et Paula, elles, sont épuisées par la lucidité.
Rongées par l'absence de nouvelles.
Comme des centaines de femmes, elles se rendent dans les commissariats.
Au pied du bâtiment, la protestation féminine est immense.
Où sont nos maris ?
Où sont nos pères ?
On supplie pour une information.
On quémande une preuve de vie.
Charlotte parvient à entrer dans un bureau.
Elle est venue avec une couverture bien chaude.
Je voudrais l'apporter à mon père, supplie-t-elle.
Les officiers s'efforcent de ne pas rire.
Quel est son nom ? demande finalement un nazi.
Albert Salomon.
Très bien, tu peux repartir, on s'en occupe.

Mais je voudrais la lui porter, s'il vous plaît.

C'est impossible.

Aucune visite n'est permise pour le moment.

Charlotte sait qu'elle ne doit pas insister.

Pour que la couverture parvienne à son père, elle doit se taire.

Elle repart en silence.

Quelques secondes après, les officiers s'amusent.

Oh comme c'est mignon!

Une petite juive qui veut s'occuper de son papa chéri.

Ah… Oh… Ah…, ricanent-ils.

Tout en essuyant leurs bottes pleines de boue sur la couverture.

7

Les semaines passent.

On entend les pires rumeurs sur le sort des détenus.

On parle de centaines de morts.

Paula et Charlotte n'ont toujours aucune nouvelle.

Albert est-il encore vivant?

La cantatrice tente tout pour faire libérer son mari.

Dans la hiérarchie nazie, elle compte encore quelques admirateurs.

Ils vont voir comment ils peuvent aider.

C'est compliqué, on ne relâche personne.

Je vous en prie, je vous en supplie.

C'est une incessante imploration.

Pendant les jours d'insupportable attente, Alfred est présent.

Il les distrait comme il peut.

Dès que Paula tourne le dos, il enlace Charlotte.

Mais lui-même est rongé par l'angoisse.

Les arrestations ont visé avant tout les élites.
Les intellectuels, les artistes, les professeurs, les médecins.
Bientôt, on s'attaquera également à ceux qui ne sont rien.
Il sera alors en première ligne.

Tout le monde cherche à fuir.
Mais où?
Comment?
Les frontières sont fermées.
Seule Charlotte pourrait partir.
Avant vingt-deux ans, c'est possible.
Une sortie de territoire ne nécessite pas de passeport.
Il lui reste quelques mois.
Ses grands-parents sont au courant des derniers événements.
Dans leurs lettres, ils supplient Charlotte de les rejoindre.
C'est le paradis ici, dans le sud de la France.
Elle ne peut plus rester en Allemagne.
Cela devient beaucoup trop risqué.
Paula partage leur avis.
Mais Charlotte ne peut pas partir comme ça.
Sans revoir son père.
À vrai dire, c'est une excuse.
Sa décision est prise.
Elle ne partira jamais.
Pour la simple raison qu'elle ne quittera jamais Alfred.

Les efforts de Paula ont fini par être récompensés.
Au bout de quatre mois, Albert est libéré du camp.
Il rentre chez lui, mais il n'est plus le même.
Horriblement amaigri, hagard, il s'allonge sur son lit.
Paula tire les rideaux, et le laisse dormir.
Charlotte est sous le choc.

Elle demeure pendant des heures près de lui.
Luttant pour ne pas se laisser envahir par le désespoir.

La respiration difficile de son père l'inquiète.
En le veillant, elle éprouve un étrange sentiment.
Celui de pouvoir le protéger de la mort.
Lentement, il reprend des forces.
Mais ne parle presque pas.
Il dort des journées entières.
Lui qui aimait tant rester éveillé la nuit pour travailler.
Un matin, en ouvrant les yeux, il appelle sa femme.
Paula arrive aussitôt.
Quoi mon amour?
Il ouvre la bouche, mais aucun son ne sort.
Il n'arrive pas à dire ce qu'il veut dire.
Enfin, il émet un son qui est un prénom : Charlotte...
Quoi Charlotte?
Charlotte... elle doit... partir.
Paula sait que ses mots lui font mal.
Plus que jamais il a besoin de sa fille près de lui.
Mais il sait maintenant qu'il n'y a plus d'espoir.
Il a été au premier rang de l'horreur.
Il faut fuir, vite.
Tant que c'est encore possible.

8

Charlotte refuse, bien sûr.
Elle ne veut pas partir, elle ne peut pas.
On insiste, il n'y a plus de temps à perdre.

Non, je ne veux pas vous laisser, répète-t-elle.
Dès que nous aurons des faux papiers, on te rejoindra, assurent-ils.
Non, je ne veux pas, non, je ne veux pas.
Paula et Albert ne comprennent pas.
Seul Alfred connaît la vérité.
Il trouve son attitude absurde, excessive.
Aucun amour ne vaut de risquer la mort, pense-t-il.
Et c'est la mort qui les attend ici.

Charlotte n'écoute pas.
Elle n'en fait qu'à sa tête, c'est-à-dire qu'à son cœur.
Elle ne cesse de répéter : je ne peux pas te quitter.
Ce serait une souffrance atroce, comprends comme je t'aime.
Il lui prend les mains.
Bien sûr qu'il peut la comprendre.
Il aime son tempérament exalté et fiévreux.
La beauté d'un amour plus fort que la peur.
Mais là n'est plus la question.
Il n'a pas d'autre choix que de la menacer.
Si tu ne pars pas, je ne te verrai plus.

Elle connaît si bien Alfred.
Ce ne sont pas des mots en l'air.
Si elle ne fuit pas, il disparaîtra de sa vie.
C'est le seul chantage qu'elle peut comprendre.
Lui aussi, il promet de la retrouver dans le sud de la France.
Mais comment vas-tu faire ?
J'ai mes contacts, la rassure-t-il.
Comment le croire ?
Elle n'en peut plus.
Elle ne veut pas quitter sa vie.
Elle est née ici.

Pourquoi doit-elle encore affronter une souffrance ?
Elle préfère mourir plutôt que partir.
Elle y pense sérieusement.

Son père demande à la voir.
Il lui prend la main, mollement.
Et répète : je t'en prie, tu dois partir.
Une larme s'échappe de son œil.
C'est la première fois qu'elle voit son père pleurer.
Le monde vacille sur son visage.
Charlotte sort son mouchoir pour sécher la larme.
Albert pense subitement à Franziska.
Cette scène fait écho à celle de leur rencontre.
Quand elle a pris son mouchoir pour le moucher.
Alors qu'il était en pleine opération, près du champ de bataille.
Les deux scènes résonnent en lui.
La mère et la fille réunies par un geste.
Et il comprend que c'est la fin du mouvement.
Par *ce geste*, Charlotte accepte de partir.

9

Il y a les modalités pratiques de la fuite.
Paula demande aux grands-parents d'écrire de fausses cartes.
On peut y lire que la grand-mère va mourir.
Très malade, elle veut revoir sa petite-fille.
Armée de cette preuve, Charlotte se rend au consulat français.
Et obtient un visa de quelques jours.
Voilà, les papiers sont en règle.

Elle traverse les dernières heures d'une manière mécanique.
Elle demeure immobile face à sa valise.
Une toute petite valise, alibi d'un court voyage.
Elle ne peut emporter que si peu.
Elle est contrainte à l'élection de ses souvenirs.
Quel livre choisir ?
Quel dessin ?
Elle décide finalement d'emporter un disque de Paula.
Une version de *Carmen* qu'elle aime tant.
Qui lui rappelle un temps heureux.

Elle se rend seule au cimetière pour dire au revoir à sa mère.
Pendant des mois, elle a cru qu'elle était devenue un ange.
Elle l'imaginait dans le ciel de Berlin.
Avec des ailes de désir.
Tout est fini maintenant.
Charlotte est face à la réalité.
Le ciel est vide.
Et le corps de sa mère se décompose ici.
Cette tombe renferme ses ossements.

Se souvient-elle seulement de sa chaleur ?
Quand elle la prenait dans ses bras.
Pour lui chanter des chansons.
Non, plus rien ne semble avoir existé.
Sauf ses premiers souvenirs, ici même.
Quand elle lisait son prénom sur la tombe de sa tante.
Charlotte, la première Charlotte.
Voilà les deux sœurs réunies à jamais.
Elle dépose une rose blanche sur chaque stèle.
Et part.

Devant son père, elle pleure.
Il est trop faible pour l'accompagner à la gare.
Ils se réconfortent avec le mot *bientôt*.
Bientôt, ils se reverront.
Bientôt, tout ira bien.
Son père est si pudique.
Il n'est pas à l'aise avec la tendresse.
Mais ce jour-là, il respire démesurément sa fille.
Comme s'il voulait conserver un trésor.
Et le cacher le plus longtemps possible en lui.
Charlotte embrasse longuement son père.
Elle lui laisse une marque.
Non pas de rouge.
Mais d'avoir pressé si fort ses lèvres contre lui.

10

Sur le quai de gare, de nombreux policiers patrouillent.
Charlotte, entourée de Paula et d'Alfred, doit cacher son émotion.
Une effusion appuyée attirerait les regards.
On interrogerait le trio.
Pourquoi pleure-t-elle autant, cette jeune fille ?
Elle ne part qu'une semaine, n'est-ce pas ?
Alors non, il ne faut pas mettre le plan en péril.
Il faut rester digne et droite.
S'arracher le cœur avec désinvolture.
Charlotte voudrait crier sa souffrance.
C'est impossible.
Elle quitte tout.
Son père, Paula, la tombe de sa mère.

Elle quitte ses souvenirs, sa vie, son enfance.
Surtout elle le quitte, lui.
Son grand, son unique amour.
Lui, qui est tout à ses yeux.
Son amant et son âme.

Alfred cache difficilement son trouble.
Habituellement si bavard, il se tait.
Ce qu'il ressent est trop inédit pour être défini.
La fumée qui émane du train embrume la scène.
Plus que jamais le quai de gare ressemble à un rivage.
Le décor idéal à l'ultime.
Alfred approche sa bouche de l'oreille de Charlotte.
Elle pense qu'il va dire : je t'aime.
Mais non.
Il murmure une phrase plus importante.
Une phrase à laquelle elle pensera sans cesse.
Qui sera l'essence de son obsession.

Puisses-tu ne jamais oublier que je crois en toi.

SIXIÈME PARTIE

1

Charlotte regarde le quai se réduire à rien.
La tête au-dehors, fouettée par le vent.
Dans le compartiment, une voix sèche se fait entendre.
Mademoiselle, pouvez-vous fermer?
Charlotte s'exécute et s'assoit à sa place.
Elle retient ses larmes en regardant défiler le paysage.
Certains passagers lui parlent, elle répond rapidement.
Tout faire pour propulser la conversation dans l'impasse.
On doit la trouver impolie, ou même arrogante.
Peu importe ce qu'ils pensent.
Cela n'a plus d'importance.

À la frontière française, on examine ses papiers.
On l'interroge sur les raisons de son voyage.
Je vais rendre visite à ma mamie malade.
Le douanier lui adresse un grand sourire.
Ce n'est pas difficile de jouer à la gentille aryenne.
Dans la peau de ce personnage, tout est merveilleux.
C'est un monde où personne ne vous crache dessus.

C'est le monde de Barbara.
On vous aime, on vous favorise, on vous honore.
Bon courage, lui dit-on même.

Le train arrive à Paris.
Pendant quelques secondes, elle se laisse émerveiller.
Par ce nom : Paris.
Par la promesse de la France.
Mais elle doit courir pour ne pas rater l'autre train.
Elle y prend place tout juste à temps.
De nouveau, on cherche à lui parler.
Mais elle fait signe qu'elle ne comprend pas.
C'est l'avantage d'être à l'étranger.
Une fois que l'on sait que vous ne parlez pas la langue.
Plus personne ne s'adresse à vous.

Elle est fascinée par la beauté des champs que traverse le train.
Il y a davantage de couleurs dans ce pays, pense-t-elle.
Elle sait que de nombreux peintres ont suivi ce chemin.
Pour trouver la lumière dans le sud de la France.
Cette lumière jaune et envoûtante.
Éprouvera-t-elle la même sensation ?
Alors qu'un voile noir passe sans cesse devant ses yeux.
Son ventre commence à lui faire mal.
Elle est surprise du réveil de son corps.
Si elle a faim, c'est que tout ce qu'elle vit est réel.
Une voisine lui donne une pomme.
Elle se jette dessus, affamée.
Et mange même le trognon.
La femme est surprise.
Elle ne s'attendait pas à un tel appétit.

Charlotte lui ferait presque peur maintenant.
Juste à cause d'une pomme mangée trop vite.

Arrivée à Nice, Charlotte se renseigne au guichet.
Elle montre son papier : Villefranche-sur-Mer.
On lui indique un bus, elle s'installe à l'avant.
Elle craint de se perdre, de ne pas descendre au bon endroit.
Elle présente à nouveau son papier, au chauffeur cette fois.
Trente minutes plus tard, il lui fait signe qu'elle est arrivée.
Elle descend en disant en français : merci.
Une fois seule, elle répète en elle-même : merci.
C'est une sensation agréable d'utiliser une autre langue.
Surtout quand la sienne est abîmée.
L'exil n'est pas qu'une question de lieu.
Ce *merci* la met à l'abri.

À nouveau, elle demande son chemin à une femme.
Celle-ci connaît très bien la maison d'Ottilie Moore.
Comme chaque habitant sûrement.
La riche Américaine est célèbre dans la région.
Elle accueille de nombreux orphelins.
Elle leur offre des cours de danse ou même de cirque.
Charlotte n'a qu'à emprunter cette route en lacet.
Elle trouvera très facilement.

Il fait chaud, le chemin est pentu.
Ce sont les derniers efforts d'un si long périple.
Bientôt, elle embrassera ses grands-parents.
Elle n'a pas pu les prévenir du jour de son arrivée.
Ils vont être surpris par son apparition.
Il y a si longtemps qu'elle ne les a pas vus.
Ont-ils beaucoup changé ?

C'est surtout elle qu'ils ne vont pas reconnaître.
Ils ont quitté une adolescente, et la voilà jeune femme.
Malgré le chagrin, son excitation est intense.

Elle arrive enfin devant L'Ermitage.
C'est une magnifique demeure, sur les hauteurs.
Avec un jardin à l'allure de paradis.
Derrière les feuillages, elle perçoit des enfants qui courent.
Elle entend leurs rires aussi.
Charlotte n'est pas encore capable de sonner à la grille.
C'est une nouvelle vie qui l'attend ici.
Il lui suffit de franchir quelques mètres.
Pour basculer vers l'inconnu.

Quelque chose la retient.
C'est une force derrière elle.
Elle a presque l'impression qu'on l'appelle.
Happée, elle se retourne.
Et découvre l'éclat majestueux de la Méditerranée.
Charlotte n'a jamais rien vu d'aussi beau.

2

Quelques minutes plus tard, elle est dans le jardin.
Entourée par les enfants qui fêtent son arrivée.
Ottilie Moore leur demande de se calmer.
Il faut laisser Charlotte se reposer, elle est épuisée.
Vittoria Bravi, la cuisinière, prépare une citronnade.
Au cœur de cette effusion, les grands-parents restent immobiles.
La grand-mère a les larmes aux yeux.

Charlotte se sent aspirée par le tourbillon qui l'entoure.
Elle n'est pas habituée à répondre à autant de questions.
A-t-elle fait bon voyage?
Comment va-t-elle?
Et ses parents?
Et l'Allemagne?
Elle balbutie qu'elle ne sait pas.
Elle n'a presque pas parlé depuis deux jours.
Et puis, elle manque tellement d'assurance.
Être regardée l'angoisse plus que tout.
Quelque chose la gêne tout particulièrement.
Elle se sent coupable d'être là.

Ottilie ressent ce malaise.
Viens Charlotte, je vais te montrer ta chambre.
Elles quittent le jardin sous les regards surpris.
Elle est toujours aussi mélancolique, conclut le grand-père.
Avant d'ajouter : exactement comme sa mère.
La grand-mère le fusille du regard.
Voilà des mots qu'elle ne veut pas entendre.
Elle ne veut pas saisir ce qu'ils sous-entendent.
Pourtant, il a raison.
Elle a été frappée par cette évidence.
Charlotte ressemble incroyablement à Franziska.
Dans les traits du visage bien sûr, mais dans l'attitude également.
Elles possèdent une tristesse commune.
Ce qui devait être une joie ne l'est plus.
C'est même une frayeur qui commence.

3

Charlotte dort de longues heures.
Et se réveille au cœur de la nuit.
Pieds nus, elle se promène ce premier soir dans le jardin.
En chemise de nuit blanche, c'est une sensation de liberté.
Le ciel est bleu pâle, presque jauni, avec des étoiles.
Elle touche les arbres, respire les fleurs.
Puis, elle s'allonge dans l'herbe.
Dans l'immensité, elle voit le visage d'Alfred.
Avec des nuages dans la bouche.
Elle se laisse alors envahir par le désir.

Les jours passent, et Charlotte parle toujours aussi peu.
On la trouve très réservée.
Les enfants la surnomment : la silencieuse.
Ils voudraient jouer avec elle.
Pour l'instant, elle accepte simplement de les dessiner.
Ottilie lui trouve un talent exceptionnel.
Elle dit même : nous avons un génie dans la maison.

L'Américaine ne cessera de l'encourager à peindre.
Elle lui achètera des dessins, pour l'aider à vivre de son travail.
Et s'arrangera pour lui trouver du papier, en pleine guerre.
La générosité de cette femme semble sans limites.
Sur les photos qui restent d'elle, son visage est toujours souriant.
Avec une pointe d'extravagance dans l'expression.

À Villefranche-sur-Mer, on se souvient d'elle.
En 1968, son incroyable demeure a été démolie.
Pour laisser place à une de ces résidences dites de prestige.
Le jardin a été en partie remplacé par une piscine.

Seuls les deux grands pins ont survécu.
Ceux qui accueillaient la balançoire.
Autour de la résidence, il y a maintenant un grand mur.
Pour empêcher les intrus d'entrer.
Les intrus et les écrivains fascinés par Charlotte Salomon.
Comment pénétrer?
C'est impossible.
Cet endroit qui fut si accueillant est désormais inaccessible.

Un homme qui me voit idiotement planté là propose de m'aider.
Nous parlons un peu, je lui demande son nom.
Il s'appelle Michel Veziano.
Quand je lui explique le but de mes recherches, il ne semble pas surpris.
Il m'indique qu'un Européen a fait la même enquête que moi.
Oui, il emploie le mot : Européen.
Il y a trois ou quatre ans, à peu près.
Je ne suis donc pas le seul à chercher Charlotte.
Nous formons une secte éparse.
Des adeptes épuisés que Michel sauve.
Je n'arrive pas à savoir si cela me rassure ou m'insupporte.
Comment s'appelle-t-il, ce confrère?
Michel ne s'en souvient pas.
A-t-il seulement existé?
Je voudrais connaître tous ceux qui aiment Charlotte.

À ce moment de ma réflexion, le portillon s'ouvre.
Une femme sort de la résidence en voiture.
Je quitte vite Michel pour aller la voir.
Bonjour madame, je suis écrivain…
Elle sait qui est Ottilie Moore, car elle vit ici depuis 1968.
Alors que je m'apprête à lui poser des questions, elle s'énerve.
Non, il ne faut pas rester!

Et puis le gardien ne vous laissera pas passer!
Partez, vous n'avez rien à faire ici!
C'est une vieille femme aigrie, apeurée, imbécile.
Je lui parle doucement.
Je voudrais juste me promener cinq minutes dans le jardin.
Je lui montre un livre avec des photos d'époque.
Elle ne veut pas regarder.
Partez, partez, ou j'appelle le gardien!
Je ne comprends pas.
Il y a une telle hostilité chez elle.

Je décide de renoncer.
Cela n'a pas une importance capitale.
Après tout, plus rien ne subsiste du passé ici.
Mais grâce à cette femme, j'ai pu effleurer l'année 1943.
Quelle étrangeté finalement.
Car c'est ici que la haine viendra bientôt frapper Charlotte.

4

Charlotte passe des heures à espérer l'apparition d'Alfred.
Elle imagine sans cesse l'arrivée de son aimé.
Tel un dieu pouvant surgir du vide.
Mais il ne vient pas.
Pour le faire vivre, elle recompose leurs conversations
Mot pour mot, tout est intact en elle.
Sa précision est la mémoire du cœur.

Qui peut savoir le désespoir de Charlotte ?
Elle est une jeune femme seule avec son démon.
Elle offre des sourires parfois, pour qu'on la laisse en paix.
Ottilie Moore s'inquiète surtout pour la grand-mère.
Elle était tellement plus joyeuse avant.
Elle riait souvent, semblait curieuse de tout.
Elle demande à Charlotte de l'égayer.
Autant demander au gris d'illuminer le noir.
La grand-mère et la petite-fille se comprennent.
Leur cœur bat de la même façon.
Comme s'il était enroulé dans une étoffe.
Il se débat en sourdine, sans faire de bruit dans le corps.
À la manière coupable dont les survivants respirent.

Elles se promènent le long de la mer.
Le bruit des vagues permet de ne pas parler.
Il vaut mieux se taire, de toute façon.
Les nouvelles sont de plus en plus tragiques.
La Pologne vient d'être attaquée.
La France et l'Angleterre déclarent la guerre à l'Allemagne.
La grand-mère s'assoit sur un banc.
Elle a du mal à respirer.
Depuis des années, elle lutte pour rester en vie.
Depuis la mort de ses filles, chaque jour est un combat.
Mais c'est devenu inutile.
La guerre va tout anéantir.

On appelle le docteur Moridis.
C'est une éminente personnalité locale.
On apprécie son charisme, son humanisme.
Il fait payer plus cher les riches, et moins les pauvres.
On dit qu'il s'est occupé des célébrités de passage.

Errol Flynn, Martine Carol, et même Édith Piaf.
Il a soigné Ottilie après son accident de voiture.
C'était au début des années 1930.
Depuis, ils sont devenus très proches.
Alors, l'Américaine se tourne vers lui.
Pour tenter de sauver la grand-mère de Charlotte.

Voilà maintenant le docteur à L'Ermitage.
Charlotte l'accueille et le conduit au chevet de la malade.
Quelle fut sa première impression en la voyant?
Comment le savoir?
J'essaye pourtant de saisir cet instant.
C'est si crucial à mes yeux.
L'arrivée du docteur Moridis dans le récit.
Cet homme aura une grande importance pour Charlotte.
Je tente de le voir dans le jardin.
Sur les photos que sa fille m'a montrées, il paraît immense.
J'imagine les enfants levant la tête pour le regarder.

5

Quand il ressort de la chambre, il parle de dépression.
La grand-mère ne cesse de dire que le monde va brûler.
Elle n'en peut plus, elle ne veut plus vivre.
Il est temps pour elle de retrouver ses deux filles.
Ses deux filles, ses deux filles, répète-t-elle.
Avant d'ajouter : tout est de ma faute.

Moridis lui prescrit des calmants.
Puis, il insiste : il faut sans cesse veiller sur elle.

Ne jamais la laisser seule.
Charlotte comprend que ce rôle lui revient.
Qui d'autre peut s'en charger ?
Son grand-père est brisé, lui aussi.
Il observe de loin la crise qui frappe sa femme.
Après tout, c'est pour cela que Charlotte est là.
Elle est venue pour s'occuper d'eux.
Il y a tout de même un prix au refuge.
Voilà ce qu'il pense sous sa longue barbe blanche.

Moridis souhaite bon courage à Charlotte.
Juste avant de quitter la maison, il évoque ses dessins.
Mademoiselle, il paraît que vous avez un talent formidable.
Les rumeurs vont vite ici.
Ce ne sont que des croquis, balbutie-t-elle.
Des dessins pour les enfants.
Et alors ?
Cela m'intéresse de voir ce que vous faites.
Charlotte est touchée par sa bienveillance.
Elle le regarde partir, vers d'autres malades, d'autres histoires.

Charlotte a conscience de la gravité de la situation.
Elle pense qu'il faut créer une sorte d'électrochoc.
Selon elle, ils doivent quitter L'Ermitage.
Ses grands-parents vivent depuis trop longtemps aux crochets d'Ottilie.
Ils ont perdu progressivement leur autonomie.
Les relations avec leur bienfaitrice se détériorent.
La situation devient pesante.
N'est-ce pas toujours ainsi ?
On finit par haïr ceux qui vous donnent tout.

Financièrement, cela est possible.
Ils ont encore un peu d'argent.
En quittant l'Allemagne dès 1933, ils ont pu vendre leurs biens.
Charlotte part pour Nice, à la recherche d'une demeure.
Elle la trouve avenue Neuscheller, au numéro 2.
Une maison baptisée : villa Eugénie.

Ottilie pense également que ça leur fera du bien.
Elle admet que les relations sont moins chaleureuses depuis des mois.
Elle demande à Charlotte de venir la voir, le plus souvent possible.
Pour lui donner des nouvelles, et peindre dans le jardin aussi.
Tu ne dois pas oublier de vivre pour toi, ajoute Ottilie.
Vivre pour moi, répète Charlotte dans sa tête.

Le jour du déménagement, ils croisent des soldats.
Ce sont les derniers qui partent vers l'est.
La région s'est vidée de ses hommes.
Les combattants attendent une lutte qui ne vient pas.
Est-ce donc cela l'apocalypse tant annoncée?
La neige arrive, et tout est si calme.
On pourrait presque oublier que la guerre a été déclarée.

Le chaos démarre plus rapidement entre les murs de la maison.
Le déménagement n'a rien changé.
La grand-mère traverse les heures au bord d'un précipice.
Rares sont les instants où elle trouve un peu de répit.
Elle demeure toujours dans le désir de mourir.
Charlotte l'a dessinée à cette époque.
Sur le croquis, elle est terriblement amaigrie.
Enroulée sur elle-même, comme pour cacher son corps.

En revanche, il n'existe aucun dessin du grand-père.
Perdu, loin de tout, il est infernal.
Il se souvient des premières années à Nice.
Tout était merveilleux alors.
Il s'était inscrit à l'université et avait noué de belles relations.
Que reste-t-il maintenant?
Rien.
Sa femme est folle, le pays est en guerre.
Et l'Allemagne lui manque terriblement.
Cela le rend irascible, brusque, autoritaire.
Il ne cesse de donner des ordres à Charlotte.
Sans très bien savoir pourquoi.
Il est comme le général d'une armée de fantômes.

6

Charlotte n'a plus de nouvelles de sa famille.
Depuis des mois, le silence est insoutenable.
Enfin, elle reçoit une lettre de son père et de Paula.
C'est Ottilie qui la lui apporte à Nice.
Elle la parcourt aussitôt à la recherche d'un prénom : Alfred.
Peut-être vont-ils l'évoquer?
Peut-être aura-t-elle de ses nouvelles?
C'est ce qui compte plus que tout.
Mais non.
Rien.
Pas d'Alfred.
Elle parcourt à nouveau le courrier.
Il serait capable de se cacher entre les virgules.
Non.

Non, il n'est pas mentionné.
Rien à son propos.
Elle ne sait pas où il se trouve.
Est-il seulement vivant?

Elle prend alors le temps de lire la lettre.
C'est Paula qui écrit.
Elle raconte leurs derniers mois.
Ils voulaient la rejoindre en France, mais c'est devenu impossible.
Un ami bien placé a pu leur procurer de faux papiers.
Ils ont pris un avion avec lui pour Amsterdam.
Ils ont tout quitté, tout laissé.
Ils ont débarqué aux Pays-Bas, sans rien.
Heureusement, certains de leurs amis étaient déjà sur place.
Il y a comme une petite famille berlinoise qui se reforme là-bas.
Paula essaye de ne pas raconter le désarroi.
Mais Charlotte parvient à lire ce qui n'est pas écrit.
Elle voit son père, hébété.
Se résolvant à partir comme un criminel.
La peur au ventre, à chaque instant.
La peur de l'arrestation, de la prison, de la mort.
Au camp, il a vu la façon dont ils peuvent tuer le premier venu.

Charlotte a toujours connu son père puissant.
Et sa belle-mère auréolée de gloire.
Sont-ils au moins soulagés?
Et pour combien de temps?
Au moins ils sont ensemble, pense Charlotte.
Elle voudrait tant pouvoir les rejoindre.
Sa liberté n'a plus de valeur à ses yeux.
Survivre ainsi lui paraît pire que tout.
La lettre commence à lui faire mal.

Les mots soulignent le manque.
C'est la preuve physique de son exclusion.

Sa grand-mère ne s'intéresse pas à la missive.
Elle en entend quelques bribes.
Et se focalise sur la fuite, les faux papiers.
Ils vont bientôt mourir ! crie-t-elle subitement.
Tu es complètement dingue ! s'énerve son mari.
Charlotte se retrouve entre les deux.
Elle demande au grand-père de sortir de la chambre.
Charlotte essaye de calmer la vieille femme.
Qui se gargarise d'évidences macabres.
Ils vont mourir !
On va tous mourir !
Charlotte parle doucement.
Comme on parle à une enfant après un cauchemar.
Tout ira bien... ils sont loin du désastre, maintenant.
Mais non, elle ne veut rien entendre.
La mort est partout !
Partout !
Il faut mourir avant que la mort ne nous prenne !
Elle enchaîne quelques phrases incompréhensibles.
Puis se calme progressivement.
La démence s'exerce par pulsions.
Des allers-retours chaotiques.
Épuisée par ses excès, elle finit par s'endormir.
Le sommeil est le seul endroit où elle semble être à l'abri d'elle-même.

7

Dans les semaines qui suivent, Charlotte reçoit d'autres lettres.
Ce sont les derniers instants du lien familial.
Nous sommes maintenant en 1940.
Voici presque six mois que la guerre a été déclarée.
On s'observe toujours en silence.
Seul le bruit d'une chute se fait entendre dans la salle de bains.
Charlotte se précipite pour voir ce qui se passe.
Sa grand-mère s'est enfermée dans la pièce.
Elle frappe, implore qu'on lui ouvre.
Mais rien, aucune réaction.
Elle entend une succession de râles.
De plus en plus espacés, de moins en moins audibles.
Charlotte crie.
Enfin, elle parvient à forcer l'ouverture de la porte.
Sa grand-mère est pendue au bout d'une corde.

De justesse, Charlotte parvient à la sauver.
Elle attrape le corps et toutes deux tombent.
Le grand-père arrive à son tour.
À son habitude, il hurle.
Qu'est-ce que tu as fait ?
Tu n'as pas le droit !
Tu n'as pas le droit de nous laisser comme ça !
Et toi, Charlotte ? !
Que faisais-tu ? !
Tu es malade de la laisser ainsi !
Si elle meurt, ce sera de ta faute !
On ne peut vraiment pas te faire confiance, idiote !

Charlotte ignore ces mots coupants.
Il faut allonger la grand-mère sur son lit, c'est la priorité.
Alors qu'elle semblait inconsciente, elle se relève.
Et passe une main sur son cou.
La marque de strangulation est impressionnante.
Un cercle rouge vif.
Un rouge qui devient d'un bleu noir maintenant.
Elle se dirige vers sa chambre.
Repousse l'aide de Charlotte.
Tu aurais dû me laisser mourir, dit-elle.
Charlotte répond en pleurant : je n'ai que toi.

8

Pendant de nombreux jours, elle veille sa grand-mère.
Ne la laisse jamais seule.
Charlotte ouvre grands les volets de la chambre.
Elle lui parle du ciel, de la beauté du ciel.
Regarde, regarde le bleu limpide.
Oui, dit la grand-mère.
Et admire aussi les arbres fleuris.
Les couleurs qui ressemblent à des promesses.
Bientôt, nous irons nous promener le long de la mer.
Promets-moi que nous irons, quémande Charlotte.
Ses mots sont apaisants, une douceur qui panse les plaies.
Elles se tiennent la main.

Le grand-père est excédé par ces moments de consolation.
Il n'en peut plus, mais de quoi ?
Charlotte ne le comprend pas.

Il fait des allers-retours excités dans la chambre.

Il semble ne plus pouvoir contenir sa rage.

C'est exactement ça.

Il s'adresse à Charlotte dans un monologue dément.

Je n'en peux plus de ces suicides !

Je n'en peux plus, tu entends !

Il y a eu la mère de ta grand-mère.

Elle a essayé de se tuer tous les jours.

Pendant huit ans, tous les jours, oui !

Et puis, il y a eu son frère.

On a dit qu'il était malheureux à cause de son mariage.

Mais moi j'ai vu que la folie l'avait rattrapé comme ça.

Il se mettait à rire sans qu'on sache pourquoi !

Ta grand-mère était si triste.

J'allais le voir, le fou de la famille, on disait.

Jusqu'au jour où il s'est jeté à l'eau.

Et sa fille unique s'est suicidée au Véronal !

Au Véronal !

Sans la moindre raison.

Et puis, son oncle, il ne faut pas l'oublier !

Oui, l'oncle de ta grand-mère.

Il s'est jeté par la fenêtre !

Et sa sœur… et le mari de sa sœur !

Je ne sais plus.

C'est partout, partout.

Je n'en peux plus !

Tu comprends ?!

Et aussi son neveu plus récemment.

Le seul survivant de la famille, tu ne l'as pas su.

Mais il a perdu son travail au laboratoire, comme tous les juifs.

Alors il s'est tué…

Le suicide est une mort qu'on ne donne pas à l'ennemi!
Le pauvre, je me souviens de lui.
Il était si gentil.
Jamais un mot plus haut que l'autre.
Eh bien le voilà qui croupit dans un cimetière.
Il n'est plus qu'un tas d'os!
...
Et nos filles!
Nos filles!
...
Tu entends?!
Nos filles!
...
Ta tante Charlotte.
Ma fille adorée.
Je l'aimais tant.
Elle me suivait partout.
On aurait dit mon ombre.
Elle m'écoutait.
Pour me plaire, elle jouait à être une statue grecque.
Et puis.

Rien.
Plus rien.

Elle s'est jetée à l'eau, à dix-huit ans.

Comme ça.
Je ne pouvais pas.
On ne pouvait pas aller à l'enterrement.
Ou alors il aurait fallu nous enterrer aussi.
Ta grand-mère et moi, nous sommes morts depuis.

Et ta mère.
Elle en a tellement souffert.
Tu t'en rends compte ?
C'était sa sœur chérie.
Elles étaient inséparables.
On les comparait tout le temps.
Presque les deux versions d'une même jeune fille.
Elle était dévastée.
Mais ça ne se voyait pas.
Elle faisait tout pour être forte.
Elle redoublait d'énergie.
Pour nous, elle jouait à être deux filles à la fois.
Ta mère était si bienveillante.
Elle chantait le soir.
C'était grave et beau.
Et puis, elle s'est mariée avec ton père.
L'obsédé de la médecine.
Heureusement, tu es arrivée.
Un enfant, c'est censé être la vie.
Ma petite-fille.
Toi.
Charlotte.

Le grand-père s'arrête à cet instant.
Les derniers mots ont été prononcés plus doucement.
On ne peut pas crier tous les drames.
Il regarde Charlotte droit dans les yeux.

À nouveau, il se met à parler fort.
De plus en plus fort.
Toi...

Toi... Charlotte!

CHARLOTTE!

Tu étais un si beau bébé.

Alors, pourquoi?

Pourquoi?

Il ne nous restait que ta mère.

Ta mère, et toi.

Ce n'était pas possible de faire ça.

Tout le monde se donne la mort, mais pas ta mère.

Elle ne pouvait pas.

Ce n'était pas possible.

Elle s'est jetée par la fenêtre.

De chez nous!

Tu m'entends?!

Et toi, tu étais là, après.

Tu me faisais de la peine.

On détournait le regard pour ne pas te voir.

Je me souviens de ton visage.

Tu attendais toujours qu'elle revienne.

Tu la guettais dans le ciel.

Elle t'avait dit qu'elle serait un ange.

Mais non!

Elle a été rattrapée par le démon.

Et elle s'est tuée.

Oui, ta mère aussi.

Et ta grand-mère... pourquoi?

Elle ne veut plus vivre.

Et moi?

Est-ce qu'elle pense à moi?

Je vais devenir quoi?
Tu m'entends?!

Je n'en peux plus.

Je n'en peux.

Plus.

...

9

Charlotte part en courant.
Elle n'écoute pas les derniers mots de son grand-père.
Il crie encore, l'implore de rester.
Elle dévale l'avenue Neuscheller.
Jusqu'au croisement des tulipes.
Où aller?
Elle ne sait pas.
Elle court, à perdre son souffle.
Vers la mer.
C'est la seule destination possible.
L'unique endroit où l'on peut ne plus rien voir d'autre.
Elle traverse la plage en courant.
Entre dans l'eau froide de février, tout habillée.
Elle avance rapidement.
Les genoux, la taille, les épaules disparaissent.
Elle ne sait pas bien nager.
Encore quelques mètres, et elle pourrait se laisser aller.

Ses vêtements mouillés deviennent lourds.
La poussent au plus profond.
Les vagues meurent sur elle.
Elle avale l'eau salée.
Les yeux vers le ciel, elle aperçoit un visage.
C'est celui de sa mère.
Est-ce enfin l'ange tant attendu ?
Il surgit avec une telle précision.
Va-t-elle mourir ?
Elle dérive et les souvenirs revivent.
Elle se voit enfant, en train de l'attendre.
Quelle absurdité, cette histoire d'ange.
Une rage s'empare de Charlotte.
Et la propulse vers le rivage.
Non, elle ne mourra pas noyée.

Essoufflée, épuisée, elle s'allonge sur les galets.
Sa vie entière repose sur un mensonge.
Je les hais, ils m'ont tous trahie.
Tous.
Depuis toujours.
Tout le monde connaissait la vérité.
Tout le monde sauf moi ! crie Charlotte
Des syllabes désordonnées résonnent en elle.
Elle ne parvient plus à articuler des phrases.
Elle ne peut pas utiliser les mots.
Pour dire le ravage.
De ce qu'elle vient d'apprendre.
Jamais elle ne s'était doutée.
Jamais, jamais, jamais.
Elle ne peut pas utiliser de mots.
Existent-ils seulement les mots pour dire un tel vertige ?

Elle comprend l'étrangeté qui l'habite depuis toujours.
Cette peur démesurée de l'abandon.
La certitude d'être rejetée par tous.
Que doit-elle faire?
Pleurer, ou mourir, ou rien?
Elle se lève puis se laisse tomber à nouveau.
Un pantin désarticulé sur la plage déserte.
La nuit tombe, mais cette fois, c'est différent.
La nuit ne tombe que sur elle.

Elle grelotte de froid.
Et rejoint à genoux la Promenade des Anglais.
On pourrait croire qu'elle vient de débarquer à la nage.
Elle marche rapidement.
Progresse dans la nuit, sans faire de bruit, sans laisser de trace.
Une ombre humide qui prend vie.

Elle pense que ses grands-parents l'attendent.
Mais non, ils dorment, et c'est une vision étrange.
La fenêtre de la chambre est toujours ouverte.
Ce qui permet à la lune de border le lit.
La lumière est douce, même aimable.
Le moment contraste tant avec les jours récents.
Ils ressemblent à des enfants sages.
Charlotte s'assoit sur une chaise pour les regarder.
Et s'endort ainsi, près d'eux.

10

Quelques jours passent, dans le calme retrouvé.

Peut-on dire des heures qu'elles paraissent blanches ?
Même les gestes sont silencieux.
La grand-mère brosse les cheveux de Charlotte.
Voilà des années qu'elle ne l'avait pas fait.
Elles replongent ainsi dans une période joyeuse.
Charlotte est incapable de poser la moindre question.
Pourquoi personne ne lui a jamais rien dit ?
Pourquoi ?
Non, elle se tait.
Elle ne veut pas entendre les explications.
Et puis, à quoi bon ?

Elle préfère savourer les moments de répit.
Il semblerait que sa grand-mère soit enfin apaisée.
Ou alors, est-ce une stratégie ?
Pour faire en sorte que sa geôlière baisse la garde.
La grand-mère se souvient de sa propre mère.
Sa démence n'offrant aucune pause, on ne la laissait jamais.
On la surveillait sans cesse, potentiel assassin d'elle-même.

Charlotte espère que tout ira mieux, maintenant.
Elle est la mère de sa grand-mère.
Depuis des semaines, elle la protège, la rassure, la réchauffe.
Quelque chose de très fort les unit.
Alors, elle se laisse bercer par une illusion.
Et s'endort.
Quand elle ouvre les yeux, il n'y a plus personne.
Comment sa grand-mère a-t-elle pu se lever sans la réveiller ?

Habituellement, le sommeil de Charlotte est si léger.
Elle s'est extraite du lit sans le moindre bruit.
Comme évaporée.

À cet instant, un fracas terrible retentit.
C'est le bruit sourd et étouffé d'un choc.
Charlotte comprend et se précipite à la fenêtre.
Le grand-père se réveille aussi.
Et même : il quitte en courant le sommeil.
Quoi ?
Qu'est-ce qui se passe ? crie-t-il.
C'est rare de ressentir ainsi la panique dans sa voix.
Tout comme Charlotte, il sait bien ce qui se passe.

Depuis l'appartement, on ne peut rien voir.
La cour intérieure est un espace noir.
La lune lumineuse des derniers jours s'est enfuie.
Tous deux crient le prénom de la grand-mère.
Plusieurs fois, mais sans y croire.
Va, va vite chercher une bougie ! ordonne le grand-père.
Charlotte s'exécute en tremblant.
Ils descendent doucement tous les deux.
Dans la cour, un vent frais les accueille.
Il faut tenter de protéger la flamme fébrile.
Ils avancent, millimètre par millimètre.
Charlotte, pieds nus, sent un liquide sous ses pieds.
Elle s'agenouille avec la bougie.
Pour découvrir un filet de sang.
Elle pousse un cri, porte une main à sa bouche.
Le grand-père se penche à son tour.
Et ne dit rien pour une fois.

11

Le corps demeure trois jours sur un lit.
Étrangement, la mort n'a presque rien changé.
Elle possédait cette apparence depuis longtemps déjà.

Charlotte ne cesse de pleurer.
Elle pleure les larmes que son grand-père ne peut verser.
Avec l'aide du docteur Moridis on organise l'enterrement.
Ottilie prend en charge toutes les dépenses.
La cérémonie a lieu au matin du 8 mars 1940.
Les enfants réfugiés à L'Ermitage sont venus.
Cela rend le moment un peu moins sinistre.
Ils sont heureux de revoir Charlotte.
Ils l'entourent avec beaucoup de chaleur.

Le cercueil s'enfonce sous la terre.
Tout paraît si calme.
Seule la lucidité du grand-père se trouble.
Il semble ne plus savoir qui l'on enterre.
Puis, il se ressaisit.
Il ne se souvient pas d'une journée sans la présence de sa femme.
A-t-il déjà seulement vécu sans elle ?

Après la cérémonie, Ottilie les invite à passer chez elle.
Charlotte et son grand-père préfèrent rentrer.
Ils éprouvent le besoin d'être seuls.
Et empruntent lentement l'allée du cimetière.
Charlotte déchiffre tous ces noms qui ont été des vies.
Elle est traversée par des images qu'elle ne peut attraper.

Alors qu'il semblait abattu, le grand-père grogne subitement.

La douleur se réveille, et le met en rage.

La même rage qui l'avait conduit à tout révéler à Charlotte.

Il se laisse envahir par les mots haineux.

Des mots, des mots encore, déchaînés.

Il attrape alors la jeune femme par la manche.

Quoi? dit-elle, tête baissée, épuisée par le drame.

Pourquoi l'attrape-t-il ainsi?

Que veut-il encore?

Il la serre si violemment.

Elle voudrait se débattre, le repousser, mais elle manque de force.

Tu me demandes quoi? hurle-t-il.

Tu me demandes quoi?!

Mais regarde.

Regarde partout.

Alors franchement.

Qu'attends-tu pour te tuer toi aussi?

SEPTIÈME PARTIE

1

Charlotte prévient sa famille du décès de la grand-mère.
Paula s'inquiète pour l'état mental de sa belle-fille.
Chacune des phrases de sa lettre semble empreinte de chagrin.
Les virgules mêmes paraissent à la dérive.
Paula tente de trouver les mots justes pour lui répondre.
Mais cela n'a plus aucune valeur.
Il faudrait simplement être présent, la serrer dans ses bras.
Charlotte souffre physiquement de leur absence.
Elle pensait que la séparation serait temporaire.
Cela fait plus d'un an, déjà.
Et pas la moindre perspective de retrouvailles.

La réponse reçue par Charlotte sera la dernière.
Plus jamais elle n'aura de nouvelles de son père et de Paula.
Les frontières sont inquiètes et se referment.
On demande aux Allemands résidant en France de se déclarer.
Il est pourtant évident que ce sont des réfugiés.
Peu importe, on les associe à la nation ennemie.
L'État français décide de les enfermer.

En juin 1940, Charlotte et son grand-père se retrouvent dans un train.
En direction du camp de Gurs, dans les Pyrénées.
C'est un camp initialement construit pour les réfugiés espagnols.
Que vont-ils leur faire?
Charlotte se souvient du visage de son père au retour de Sachsenhausen.
Autour d'elle, elle observe les Allemands hagards.
Le voyage dure de longues heures.
Cela ajoute à l'angoisse de ne pas savoir ce qui va se passer.
Va-t-elle mourir?
Dans sa famille, pas une femme n'a échappé à son destin morbide.

Treize années séparent la mort de sa mère de celle de sa tante.
Tout comme la mort de sa mère et celle de sa grand-mère.
Oui, c'est exactement le même écart temporel.
Un geste quasiment identique pour toutes les trois.
Un saut dans le vide.
La mort à trois âges différents.
La jeune fille, la mère de famille, la grand-mère.
Aucun âge ne vaut donc d'être vécu.
Dans le train qui roule vers le camp, Charlotte établit alors un calcul.
1940 + 13 = 1953.
1953 sera donc l'année de son suicide.
Si elle ne meurt pas avant.

2

À leur arrivée au camp de Gurs, les familles sont séparées.
Son grand-père rejoint le groupe des hommes.
Il semble être le plus vieux de tous.

Le doyen des ombres.
Charlotte s'adresse à un gendarme pour pouvoir rester avec lui.
Il est trop âgé pour être seul, et il est malade.
Non, non, vous allez dans un baraquement pour femmes.
Ce sont les ordres, elle n'insiste pas.
Le jeune homme a une matraque, et un chien près de lui.
Elle comprend qu'ici il n'y a pas de place pour le raisonnement.
Elle laisse son grand-père et se place dans la file des femmes.
Parmi elles, il y a Hannah Arendt.

À Gurs, Charlotte est frappée par l'absence de toute végétation.
C'est une extermination totale du vert.
Elle est passée d'une nature sauvage à un paysage lunaire.
Elle examine le lieu, à la recherche de la moindre couleur.
Quelque chose la brutalise dans sa chair.
Son rapport au monde devient purement esthétique.
Sans cesse, elle peint dans sa tête.
Son œuvre respire déjà en elle, malgré elle.

La laideur contamine chaque détail.
Dans le baraquement, pas de lits, mais des matelas entassés.
Les conditions sanitaires sont épouvantables.
Chaque nuit, on entend les couinements des rats.
Ils frôlent les joues creuses des femmes.
Mais le pire, ce n'est pas ça.
Le pire c'est l'homme qui marche.
Il fait des allers-retours devant le bloc avec sa lampe torche.
De l'intérieur, les femmes distinguent le filet de lumière.
Signe insoutenable de sa présence.
Cela peut durer plus d'une heure.
Chacune sait qu'il va finir par entrer.
Voilà, c'est maintenant.

Il ouvre la porte, aveuglant les femmes allongées.
Il s'aventure entre les matelas.
Son chien n'hésite pas à renifler ou à lécher les proies.
Il remue la queue, complice heureux de la domination.
Plus que jamais, il se sent le meilleur ami de l'homme.

Chaque soir, le gardien entre ainsi.
C'est son merveilleux rituel.
Il part à la recherche d'une prisonnière à violer.
En cas de rébellion, il peut tout simplement tirer.
Grelottantes de peur, elles se recroquevillent.
Il s'arrête sur l'une d'elles.
Avec sa lumière, il scrute son corps et son visage.
Pour finalement passer à une autre.
Leur frayeur l'excite davantage.
Il jette finalement son dévolu sur une rousse.
Lève-toi et viens avec moi.
Elle s'exécute.
Et se laisse traîner vers une autre cabane.

3

Plusieurs semaines passent ainsi.
Entre la torpeur et la terreur.
On ne parle que de l'attaque allemande.
De la défaite si rapide de l'armée française.
Comment est-ce possible?
Charlotte est tétanisée par cette nouvelle.
Les nazis vont contrôler le pays où elle s'est enfuie.
Ce pays refuge où elle est enfermée.
Il n'y aura donc jamais de terme à son errance.

Heureusement, l'Occupation ne concerne pas le Sud.
On parle de l'existence d'une *zone libre*.
Mais libre pour qui?
Pas pour elle, apparemment.
Tout juste a-t-elle le droit d'aller rendre visite à son grand-père.
Il passe la plupart de ses journées allongé sur un grabat.
Terriblement amaigri, il est à bout de forces.
Quand il tousse, un filet de sang coule de sa bouche.
Il lui arrive souvent de ne pas reconnaître Charlotte.
Elle est complètement désemparée.
Elle implore l'aide des gardes.
Le désarroi de la jeune fille finit par toucher une infirmière.
Elle va voir ce qu'elle peut faire.
Ce ne sont pas des paroles en l'air.
L'administration décide finalement de les libérer.

Charlotte reprend-elle espoir?
Elle dit à son grand-père que l'horreur va prendre fin.
Ils vont retourner à L'Ermitage, il pourra se reposer.
Elle lui prend la main, et il aime ce contact.
Dès le lendemain, ils quittent le camp.
Mais les transports publics ne fonctionnent plus.
Il faut se débrouiller.
Parcourir des centaines de kilomètres avec un vieil acariâtre malade.
Ils marchent à travers les Pyrénées.
Écrasés par la chaleur de juillet.

Deux mois plus tard, Walter Benjamin se donnera la mort.
De l'autre côté de la chaîne montagneuse.
Une rumeur dit que les apatrides ne peuvent plus passer la frontière.
Benjamin est persuadé d'être bientôt arrêté.

Épuisé par des années d'errance et de traque, il s'effondre.
Et s'empoisonne à la morphine.

On pense à ses mots, qui prennent une résonance d'adieu.
Le bonheur n'est pour nous représentable,
Que dans l'air que nous respirons,
Parmi les hommes qui ont vécu avec nous.
Les génies allemands se retrouvent ainsi éparpillés dans la montagne.
Hannah Arendt parviendra, elle, à quitter l'Europe.
Charlotte aimait profondément Walter Benjamin.
Elle avait lu ses livres, adorait écouter ses chroniques à la radio.
Une de ses phrases aurait pu être en exergue de l'œuvre de Charlotte :
La véritable mesure de la vie est le souvenir.

4

Sur la route, ils tentent de faire des haltes.
La plupart du temps, ils sont rejetés.
Personne n'a envie d'héberger des Allemands.
Finalement, un jeune réfugié leur vient en aide.
Lui aussi, il est originaire de Berlin.
Il connaît un endroit où dormir.
Sur le chemin, dans la pénombre, il pousse Charlotte dans le fossé.
Son grand-père fait une pause sur un banc et ne voit rien.
Sa petite-fille se débat de toutes ses forces.
Elle griffe au visage son agresseur.
Qui s'éloigne en pestant.
Tu ne sais pas ce que tu veux, idiote !

Charlotte rajuste ses vêtements.
Et rejoint son grand-père sans rien dire.
Elle a l'habitude d'enfouir ses blessures.
Y compris les plus immédiates, les plus vives.
Elle sait mieux que quiconque voiler la douleur.
Accoutumée à la succession des souffrances.

Enfin, ils trouvent une auberge qui les accepte.
Mais il n'y a qu'un lit dans la chambre.
Charlotte dit qu'elle va s'allonger par terre.
Le grand-père insiste pour qu'ils dorment ensemble.
Une petite-fille et son grand-père, dit-il, c'est normal.
A-t-elle bien compris?
Oui, son propos se précise.
Il l'incite à se déshabiller et à venir contre lui.
Le monde vacille.
Il n'y a plus le moindre repère.
Alors, elle sort prendre l'air.
Et attend qu'il s'endorme pour retourner dans la chambre.

Elle s'assoit dans un coin, cache son visage entre ses genoux.
Pour trouver le sommeil, elle parcourt ses souvenirs.
C'est le seul endroit où demeure la tendresse.
Elle entend la voix de Paula, ressent les baisers d'Alfred.
Les yeux fermés, elle voyage à travers la beauté.
C'est maintenant un tableau de Chagall qui fait son apparition.
Elle le recompose avec précision, visualisant chaque détail.
Charlotte divague longuement entre les couleurs chaudes.
Et peut s'endormir, enfin.

Charlotte sait qu'elle ne peut pas continuer ainsi le périple.
Pas avec le regard de son grand-père accroché à ses gestes, à son corps.

Heureusement, on lui indique un bus qui longe la côte.
Deux jours plus tard, ils sont à Nice.
À leur arrivée à L'Ermitage, ils sont fêtés.
C'est un soulagement général.
Personne n'avait de nouvelles.
Charlotte, exténuée, part se coucher.
Ottilie vient la voir un peu plus tard.
Et passe une main sur son front.
Charlotte ouvre alors les yeux.
Et c'est une larme qui coule.
Les manifestations de douceur à son égard sont devenues si rares.

Ottilie comprend que la jeune fille a besoin d'aide.
Elle connaît son histoire familiale.
Charlotte ne semble plus pouvoir cesser de pleurer.
Elle relâche des mois de larmes.
Heureusement, elle parvient à se rendormir.
Mais son souffle est irrégulier.
L'Américaine perçoit des ombres sur le visage de la jeune fille.
Des ombres qui se promènent sur elle.
Elle sait que les dernières semaines lui ont fait perdre pied.
Le suicide de sa grand-mère, la révélation de celui de sa mère.
Puis l'internement et l'errance.
Ottilie est affligée par ce spectacle de la vie abîmée.
Elle voudrait la sauver.
Il faut l'aider et la soigner, pense-t-elle.
Avant qu'il ne soit trop tard.

Sur les conseils d'Ottilie, Charlotte consulte le docteur Moridis.
Son cabinet se trouve dans le centre de Villefranche-sur-Mer.
Il reçoit dans une pièce de son appartement.
Kika, sa fille née en 1941, vit toujours au même endroit.
Après la mort de ses parents, elle est revenue s'y installer.
Quand j'ai cherché à la contacter, je ne pouvais pas imaginer cela.
Qu'elle ait conservé intact le cabinet.

Grâce à elle, j'ai pu traverser le décor de 1940.
Marcher à travers mon roman.
Sur la porte figure encore la plaque.

DOCTEUR G. MORIDIS
CONSULTATIONS DE 1 H ½ À 4 H

Je suis resté un moment à observer chaque détail.
Kika et son mari ont été adorables.
La fille du docteur ne peut pas se souvenir de Charlotte.
Mais son père l'évoquait souvent.
Que disait-il ?
Elle répond aussitôt : mon père disait qu'elle était folle.
Cela me surprend.
Non pas qu'il ait dit cela, mais que ce soit le premier mot.
Kika ajoute aussitôt : comme tous les génies.
Oui, son père assurait que Charlotte était un génie.

À l'instar d'Ottilie, le docteur s'est pris de passion pour Charlotte.
Admiratif, attendri, ou simplement inquiet, son rôle a été majeur.
À chacun de ses passages à L'Ermitage, il allait lui parler.
Et ses visites étaient fréquentes.

Car il y avait souvent un enfant malade parmi tous les orphelins.
Charlotte l'intriguait, sa sensibilité le bouleversait.
Pour les fêtes de Noël, elle avait dessiné des cartes de vœux.
On y voyait des enfants descendre du ciel.
Ou tenter de rejoindre la Lune.
Quelque chose avait profondément touché Moridis dans ces dessins.
Une rencontre entre la puissance et la naïveté.
Tout simplement la grâce, avait-il pensé.

Le docteur prend le pouls de Charlotte, l'examine.
Il lui pose des questions sur le camp de Gurs.
Elle répond par des monosyllabes indéchiffrables.
Il est effrayé par son état, mais ne le montre pas.
Tu as besoin de vitamines, préfère-t-il annoncer.
Elle reste tête baissée, muette.
Moridis semble hésiter.
Charlotte, tu dois peindre, dit-il alors.
Elle relève la tête.
Il répète : Charlotte, tu dois peindre.

Il dit qu'il a confiance en elle, en son talent.
Ce sont des mots de réconfort, mais d'attente aussi.
Il est hors de question qu'elle se laisse aller.
Si elle souffre, alors elle doit exprimer cette souffrance.
Ce qu'elle entend la trouble profondément.

Moridis continue.
Il trouve les mots justes.
Il évoque tous ses dessins qu'il aime.
Elle a trop de beauté en elle pour ne pas la partager.
Charlotte écoute toujours.
Cela fait écho à ce qu'elle ressent.

Le visage d'Alfred apparaît alors.
Une vision plus vive que jamais.
Elle repense à ses derniers mots, sur le quai.
Comment a-t-elle pu oublier ?
Elle doit vivre pour créer.
Peindre pour ne pas devenir folle.

6

Sur le chemin du retour, elle respire profondément.
Ce jour-là, c'est la naissance de son œuvre *Vie ? ou Théâtre ?*
En marchant, elle pense aux images de son passé.
Pour survivre, elle doit peindre son histoire.
C'est la seule issue.
Elle le répète encore et encore.
Elle doit faire revivre les morts.
Sur cette phrase, elle s'arrête.
Faire revivre les morts.
Je dois aller encore plus profondément dans la solitude.

Fallait-il aller au bout du supportable ?
Pour enfin considérer l'art comme seule possibilité de vie.
Ce que Moridis a dit, elle le ressentait.
Dans sa chair, mais sans en avoir la conscience.
Comme si le corps était toujours en avance sur l'esprit.
Une révélation est la compréhension de ce que l'on sait déjà.
C'est le chemin qu'emprunte chaque artiste.
Ce tunnel imprécis d'heures ou d'années.
Qui mène au moment où l'on peut enfin dire : c'est maintenant.

Elle voulait mourir, elle se met à sourire.

Plus rien ne va compter.

Plus rien.

Rares sont les œuvres ainsi créées.

Dans un tel degré d'arrachement au monde.

Tout est limpide.

Elle sait exactement ce qu'elle doit faire.

Il n'y a plus d'hésitation dans ses mains.

Elle va peindre ses souvenirs de manière romanesque.

Les dessins seront accompagnés de longs textes.

C'est une histoire qui se lit autant qu'elle se regarde.

Peindre et écrire.

Cette rencontre est une façon de s'exprimer *entièrement*.

Ou disons *totalement*.

C'est un monde.

Cela rejoint la définition de Kandinsky.

Créer une œuvre, c'est créer un monde.

Lui-même étant soumis à la synesthésie.

Cette union intuitive des sens.

La musique guidait ses choix de couleurs.

Vie ? ou Théâtre ? est une conversation entre les sensations.

La peinture, les mots et la musique aussi.

Une union des arts nécessaire à la cicatrisation d'une vie abîmée.

C'est le choix qui s'impose pour la recomposition du passé.

Et c'est un tourbillon de puissance et d'inventivité.

Que se passe-t-il quand on découvre l'œuvre ?

Une émotion esthétique majeure.

Je n'ai cessé d'y penser depuis.

Sa vie est devenue mon obsession.

J'ai parcouru les lieux et les couleurs, en rêve et dans la réalité.

Et je me suis mis à aimer toutes les Charlotte.
Mais l'essentiel à mes yeux est *Vie ? ou Théâtre ?*

C'est une vie passée au filtre de la création.
Pour obtenir un travestissement du réel.
Les protagonistes de sa vie deviennent des personnages.
Comme au théâtre, ils sont présentés au début.
Alfred Wolfsohn apparaît sous les traits d'Amadeus Daberlohn.
Les Salomon deviennent Kann.
Charlotte parle d'elle à la troisième personne.
Si tout est réel, cette distanciation semble nécessaire.
Pour atteindre une réelle liberté dans le récit.
La fantaisie peut surgir avec davantage d'aisance.

Une liberté totale qui se retrouve dans la forme.
Avec les dessins et le récit, elle ajoute des indications musicales.
La bande sonore de son œuvre.
On voyage avec Bach, Mahler ou Schubert.
Ou des chansons populaires allemandes.
Elle qualifie son œuvre de *Singespiel.*
L'équivalent d'une pièce chantée.
La musique, le théâtre, mais aussi le cinéma.
Ses cadrages sont inspirés par Murnau ou Lang.
Toutes les influences d'une vie sont là.
Mais elles s'oublient dans l'éclat de sa particularité.
Pour former un style unique et inédit.

Il est temps de commencer.
Charlotte offre le mode d'emploi de son œuvre.
La mise en scène de son invention.
La création des peintures suivantes doit être imaginée comme suit :
Une personne est assise au bord de la mer.

Elle est en train de peindre.
Tout à coup, un air lui traverse l'esprit.
Quand elle commence à le fredonner...
Elle se rend compte que l'air s'accorde exactement...
Avec ce qu'elle essaye de coucher sur le papier.
Un texte se forme dans sa tête.
Et elle commence à chanter l'air avec ses propres mots.
Encore et encore.
D'une voix forte jusqu'à ce que la peinture semble achevée.

Enfin, elle précise l'état d'esprit de son personnage :
Il lui fallait pour quelque temps disparaître de la surface humaine,
Et pour cela consentir à tous les sacrifices,
Afin de recréer des profondeurs de son être son propre univers.

Disparaître de la surface humaine.

7

Les premiers jours, elle ne parvient pas à se concentrer.
À L'Ermitage, les enfants courent partout, leur énergie est sauvage.
Ottilie dit qu'il ne faut pas déranger Charlotte.
Elle fait tout pour l'aider, lui trouve du très bon papier.
Alors que les aliments deviennent rares.
Avec Moridis, c'est un cercle intime qui protège le génie.
Un cercle dont ne fait pas partie son grand-père.
Au contraire, il la harcèle.
Dès qu'il surgit, elle s'enfuit avec son chevalet.
Il la poursuit en criant : tu es là pour t'occuper de moi !
Si je t'ai fait venir, ce n'est pas pour peindre !
Il devient de plus en plus mauvais.

Quand il vole des fruits, il fait accuser les enfants.
Charlotte n'a d'autre choix que de partir.
Elle doit se protéger pour continuer son œuvre.

Il y a peu, elle a fait la connaissance de Marthe Pécher.
La gérante d'un hôtel de Saint-Jean-Cap-Ferrat, La Belle Aurore.
Marthe décide d'héberger Charlotte sans contrepartie.
Est-elle, elle aussi, persuadée de son génie ?
C'est fort probable.
Elle lui offre une chambre le temps qu'elle voudra.
La chambre n° 1.
Ici, pendant presque deux ans, Charlotte va créer.
Une chambre au rez-de-chaussée, mais l'hôtel est sur les hauteurs.
Il lui suffit de sortir pour voir la mer.
J'avais toujours imaginé cette chambre comme un refuge paradisiaque.
En réalité, elle fait davantage l'effet d'une cellule.
Les murs en brique soulignent cette sensation.

La patronne entend sa protégée travailler *en chantonnant*.
Oui, c'est l'expression qu'elle emploie.
Charlotte peint en chantant.
Les musiques qu'elle indique pour accompagner les dessins.

Selon le témoignage de Marthe, Charlotte ne sort presque jamais.
Des journées entières consacrées au travail.
C'est sûrement la pleine mesure des obsessions.
Elle se souvient de chaque mot d'Alfred.
Et reproduit ses monologues étourdissants.
Page après page, elle dessine des centaines de fois son visage.
Des années après leur séparation, sans le moindre modèle.
L'apnée créatrice de Charlotte est extatique.
Comme un rapport de dévotion au passé.

J'arpente la chambre n° 1 sous le regard de la jeune réceptionniste.
Tissem, c'est son prénom, tente de m'aider.
Tout en me trouvant étrange, j'imagine.
Me voilà en extase devant le mur d'une chambre défraîchie.
Je voulais savoir si l'établissement possédait des archives.
Le patron ne m'a jamais rappelé.
Son nom est Marin.
Faut-il avoir un nom maritime pour diriger cet hôtel?
Surtout : va-t-il mettre une plaque devant la chambre?
Je ne sais pas pourquoi je suis à ce point obsédé par les plaques.
Pour l'instant, il faut restaurer l'endroit.
Je pourrais m'occuper du lieu.
Tout faire pour qu'on respecte les murs qui sont la mémoire.
Et, plus encore que la mémoire, les témoins immatériels du génie.

8

À contrecœur, Charlotte doit se rendre parfois à Nice.
Son grand-père y vit tout seul.
Elle le retrouve assis sur une chaise, ressassant ses souvenirs.
Lors d'une visite, au cœur de l'été 1942, elle repère une affiche.
Une loi oblige les juifs à se présenter aux autorités.
De retour à La Belle Aurore, Charlotte interroge Marthe.
Que doit-elle faire?
À vrai dire, sa décision est prise.
Elle va aller se déclarer.
Marthe lui demande pourquoi, c'est absurde.
Charlotte répond : c'est la loi.

Le jour prévu, elle part pour Nice.

Il y a une longue file devant la préfecture.

Cela la rassure, tout ce monde docile.

Chacun est bien habillé, les amoureux se tiennent par la main.

Il fait chaud, l'attente est longue.

Au bout d'un moment, plusieurs bus se garent près de la place.

Tout le monde se regarde.

On essaye de se rassurer.

Après tout, il n'y a rien d'inquiétant.

Charlotte repense au camp de Gurs.

Et si ce simple recensement cachait une arrestation?

Rien ne serait pire que de retourner là-bas.

À Paris, il paraît qu'il y a eu une grande rafle de juifs.

Mais, ici, qui connaît réellement la vérité?

Qui sait ce qui se passe en Allemagne ou en Pologne?

Personne.

Charlotte n'a plus de nouvelles de son père et de Paula.

Depuis si longtemps.

Elle ne sait plus rien.

Sont-ils au moins vivants?

Elle y pense chaque jour.

Et Alfred, son Amadeus.

Il est trop inadapté à la vie pour s'en être sorti.

Non.

Elle ne veut pas croire à sa mort.

Ce n'est pas possible.

Des gendarmes sortent de nulle part.

Discrètement, ils ont encerclé la place.

Plus personne ne peut fuir.

C'est un traquenard, tout est limpide à présent.

Comment a-t-elle pu être aussi stupide?

Elle, et tous les autres.
Le monde entier les traque.
Pourquoi cela aurait-il changé aujourd'hui?

On leur demande de monter dans un bus.
Chacun se précipite vers un policier pour poser des questions.
Mais où va-t-on?
Qu'avons-nous fait?
Le calme se transforme vite en angoisse.
Les policiers deviennent beaucoup plus fermes.
Tout en tentant d'éviter la panique.
C'est un simple contrôle de routine.
Il n'y a pas de quoi s'inquiéter.
Voilà… montez, c'est bien.
On va vous donner à boire, une fois que vous serez assis.

Charlotte s'assoit avec les autres.
À cet instant, elle pense à ses dessins.
Et si elle ne revient pas?
Que vont-ils devenir?
Elle a confiance en Marthe.
Elle sait qu'elle s'en occupera.
Mais tout de même.
Ce n'est pas fini.
C'est loin d'être fini.
Comment a-t-elle pu croire qu'elle avait tout son temps?
Elle est en exil, en fuite.
Une pestiférée.
Si elle s'en sort, alors elle ira au bout de son œuvre.
Le plus vite possible.
Elle ne peut pas imaginer qu'elle reste inachevée.

Un policier marche entre les sièges.
Son regard s'arrête sur Charlotte.
Il la fixe avec intensité.
Pourquoi?
Qu'a-t-elle fait de particulier?
Rien.
Rien, elle se dit qu'elle n'a rien fait.
Alors pourquoi?
Pourquoi continue-t-il à la regarder comme ça?
Pourquoi?
Son cœur bat trop fort.
Elle va s'évanouir.
Tout va bien mademoiselle?
Elle n'arrive pas à répondre.
Il pose une main sur son épaule.
Et lui dit : ça va aller.
Il cherche à être rassurant.
Ce policier s'est arrêté devant Charlotte car il la trouve jolie.

Levez-vous et suivez-moi.
Elle est tétanisée.
Elle ne veut pas bouger.
C'est peut-être un pervers.
Comme celui de Gurs, qui violait une fille chaque soir.
Ça ne peut être que cela.
Sinon, pourquoi elle?
Elle est la seule jeune femme dans le bus.
Il veut la violer.
Oui, c'est ça.
Ça ne peut être que ça.
Pourtant, son visage paraît si doux.
Et il ne semble pas du tout sûr de lui.

De petites gouttes de sueur perlent sur ses tempes.
Il insiste : veuillez me suivre mademoiselle.
En ajoutant : je vous en prie.
Charlotte ne sait plus que penser.
Sa jeunesse, sa politesse la rassurent un peu.
Mais, elle ne peut plus croire personne.

Elle décide de se lever et de le suivre.
Une fois qu'ils sont tous deux descendus, il lui intime de marcher.
Quelques mètres plus tard, ils sont à l'écart.
Partez, dit-il.
Partez vite, et ne vous retournez pas.
Comme Charlotte ne bouge pas, il insiste : allez vite, partez!
Elle comprend ce qui se passe.
Il est simplement en train de la sauver.
Elle ne sait que dire pour le remercier.
De toute façon, elle n'a pas le temps de trouver les mots.
Elle doit se dépêcher.
Elle commence à marcher.
Doucement, puis de plus en plus vite.
Dans une ruelle de Nice, elle se retourne enfin.
Il n'y a plus personne derrière elle.

9

Au retour à La Belle Aurore, tout change.
Charlotte se sent plus que jamais envahie par l'urgence.
Il faut agir sans perdre de temps.
Son trait est plus vif encore.
De nombreuses pages ne comportent que du texte.
Il faut raconter l'histoire de sa famille.

Avant qu'il ne soit trop tard.
Certains dessins sont davantage des croquis.
Elle ne peint pas, elle court.
Cette frénésie de la seconde moitié de l'œuvre est bouleversante.
Une création au bord du précipice.
Recluse, amaigrie, apeurée, Charlotte s'oublie et se perd.
Jusqu'au bout.

Dans une lettre, elle écrira ces mots de conclusion :
J'étais tous les personnages dans ma pièce.
J'ai appris à emprunter tous les chemins.
Et ainsi je suis devenue moi-même.

La dernière peinture est saisissante de force.
Charlotte se dessine face à la mer.
On la voit de dos.
Sur son corps, elle écrit le titre : *Leben? oder Theater?*
C'est sur elle-même que se referme l'œuvre dont sa vie est le sujet.

Cette image ressemble étrangement à une photo de Charlotte.
Sur ce cliché, on la voit peindre sur les hauteurs.
Surplombant la Méditerranée.
Elle regarde avec désintérêt l'objectif.
On dirait que le photographe vole un moment de sa contemplation.
De la vie qu'elle mène en fusion avec la nature.
Charlotte semble se confondre avec les herbes.
Émerveillée par la couleur du ciel.
Face à l'éclat, on pense aux derniers mots de Goethe.
Sur le rivage de la mort, il s'est mis à crier : plus de lumière!

Il faut une lumière éclatante pour mourir.

Pendant des heures, elle classe tous les dessins.
Elle doit mettre de l'ordre dans l'histoire.
Numéroter les dernières peintures.
Elle ajoute d'ultimes indications musicales.
L'ensemble forme trois paquets.
Sur lesquels elle écrit : « Property of Mrs Moore ».
C'est à Ottilie que doit revenir l'œuvre.
Si jamais elle doit fuir, si jamais elle doit mourir.
Pour l'instant, il faut à tout prix protéger son travail.
Le mettre en lieu sûr.

Charlotte dépose les paquets dans une grande valise.
Elle regarde sa chambre une dernière fois.
Traversée par une émotion particulière.
Un mélange de joie et de mélancolie.
Son accomplissement, c'est un terme provisoire à la vie obsessionnelle.
Au sortir d'une œuvre, le monde extérieur apparaît à nouveau.
Il est éblouissant, après des mois d'introspection.
On quitte brutalement l'habitude d'avoir les yeux rivés vers l'intérieur.

Les embrassades avec Marthe sont longues.
Charlotte la remercie de tout son cœur.
Il est temps de partir.
Elle commence alors sa route vers Villefranche-sur-Mer.
À pied, avec sa valise.
Qui a pu croiser Charlotte ce jour-là ?
Marchant avec l'œuvre d'une vie.

Presque deux ans après sa consultation, elle retourne voir Moridis.

C'est la seule personne de confiance qu'elle connaisse ici.

Ottilie est retournée aux États-Unis.

Devant l'imminence du danger, elle a quitté la France.

Elle a embarqué avec elle neuf enfants dans une grande voiture.

Ainsi que deux chèvres et un cochon.

Direction Lisbonne, pour prendre un transatlantique.

Charlotte aurait voulu faire partie de l'équipée.

Je vous en prie, ne me laissez pas, a-t-elle imploré.

Mais c'était impossible.

Contrairement aux enfants, il lui faut un passeport.

Résignée, elle a offert des dessins à Ottilie.

En guise d'adieu.

L'Américaine l'a remerciée chaleureusement.

En lui disant *ça vaut de l'or*.

Cette femme a été si importante pour elle.

Une mère et une mécène.

Charlotte lui confie donc son œuvre par l'intermédiaire de Moridis.

Et la lui dédie également.

Charlotte est devant le cabinet de Moridis.

Elle sonne.

C'est le docteur en personne qui ouvre.

Ah… Charlotte, dit-il.

Elle ne répond rien.

Elle le regarde.

Et lui tend alors la valise.

En disant *c'est toute ma vie*.

Grâce à Moridis, nous connaissons cette phrase.

C'EST TOUTE MA VIE.

Que veut-elle dire exactement?

Je vous donne une œuvre qui raconte toute ma vie.
Ou : je vous donne une œuvre aussi importante que ma vie.
Ou encore : c'est toute ma vie, car ma vie est finie.
Est-ce que ça veut dire qu'elle va mourir ?
C'est TOUTE ma vie.
Cette phrase est obsédante.
Toutes les possibilités semblent vraies.

Moridis n'ouvre pas la valise.
Il la range précieusement.
On peut même dire : il la cache.
Sa fille m'a montré l'endroit où l'œuvre a été protégée.
Je suis resté immobile face à ce passé si réel.
Une émotion d'une rare intensité.
C'est toute ma vie.

HUITIÈME PARTIE

1

Charlotte retourne vivre à L'Ermitage.
Elle repense à sa grand-mère dans le jardin.
Cela n'existe plus.
Elle revoit tous les enfants courir.
Cela n'existe plus, non plus.
Ils sont presque tous partis.
La maison semble elle-même orpheline.
Et la beauté aussi est devenue triste.

Un homme vit ici, maintenant.
Alexander Nagler.
Un réfugié autrichien qui a été l'amant d'Ottilie.
Mais ça, personne ne semble le savoir.
Grand, maladroit, il parle peu.
Que se passe-t-il lors d'une rencontre entre deux silencieux ?
Charlotte ne sait pas très bien comment agir.
Ottilie lui a laissé *un ami*.
Elle précise : *un ami dont je ne sais que faire.*
Ce sont les mots de Charlotte.

Ils s'apprivoisent progressivement.
Nagler a presque quarante ans.
En 1939, pour fuir les nazis, il a traversé les Alpes.
Une traversée longue et pénible, qui a laissé des traces.
S'il paraît fort, Alexander est très fragile.
Un accident dans sa jeunesse l'empêche de marcher correctement.
Une énorme cicatrice lui barre le front.
Il est une sorte d'étrange mélange.
Le genre d'homme qui a l'allure d'un protecteur.
Et qu'on finit très vite par protéger.

Charlotte le trouve trop grand.
Elle n'aime pas lever la tête pour lui parler.
De toute façon, elle lui adresse si peu la parole.
Ils se croisent dans le jardin.
Se font des sourires ou s'ignorent.
Mais au mois de novembre, tout change.
L'Allemagne vient d'envahir le reste de la France.
Alors les deux réfugiés mêlent leurs peurs.
Ils se rapprochent, commencent même à se frôler.

2

Charlotte continue de rendre visite à son grand-père.
C'est toujours la même scène.
Dès qu'il la voit, il hurle des horreurs.
Elle finit par partir, dévastée.
Il est l'unique famille qui lui reste.
Alexander la rassure.

Parfois, il l'accompagne.
Évidemment, le grand-père ne supporte pas le nouvel intrus.
Quand il se retrouve seul avec Charlotte, il l'interroge.
Ne me dis pas que cet Autrichien te plaît?
Il est hors de question que tu sois avec lui!
Tu m'entends?!
C'est un clochard!
N'oublie pas que nous sommes des Grunwald!
Tu dois épouser quelqu'un de ton rang!

Charlotte le trouve ridicule.
Il vit dans l'illusion d'un monde qui n'existe plus.
Mais elle ne veut pas le contrarier.
Elle l'écoute, quoi qu'il dise.
Elle a été élevée ainsi, docile face aux aînés.
Cette éducation bourgeoise, c'est un vestige du passé.
Et il faut chérir les vestiges.
Tout faire pour qu'ils demeurent encore un peu.
Charlotte effleure son enfance à travers cette soumission absurde.

Elle dit oui à son grand-père.
Et d'ailleurs, elle ne l'aime pas, Alexander.
Elle l'aime beaucoup.
Elle a besoin de lui, de sa chaleur.
Mais ce n'est pas de l'amour.
Elle n'aime qu'un homme.
Le même homme pour toujours.
A-t-il seulement existé?

Quelques jours plus tard, le grand-père ressent une douleur aiguë.
Il sort de la maison et tente de rejoindre la pharmacie.
Il y parvient enfin, mais s'effondre juste devant.

Et meurt ainsi, dans la rue.
Quand elle apprend la nouvelle, Charlotte se sent soulagée.
Délivrée d'un poids.
Tant de fois, elle a souhaité qu'il disparaisse.
Aurait-elle agi pour précipiter l'échéance ?
Plus tard, dans une lettre, elle avouera l'avoir empoisonné.
Est-ce la vérité ?
Est-ce du théâtre ?
C'est à la fois improbable et plausible.
Si l'on considère tout ce qu'il lui a fait subir.
Une hargne incessante et du mépris pour son travail.
Une pression sexuelle aussi.

J'échange des messages avec les adeptes de Charlotte.
Notamment avec Dana Plays, la petite-nièce d'Ottilie.
Nous discutons de cette option.
Nous fantasmons sur la possibilité de ce geste extrême.
C'est un roman dans le roman.

Charlotte contemple la tombe de son grand-père.
Qui est aussi celle de sa grand-mère.
Les voilà réunis pour toujours.
Eux, les amateurs de vieilles pierres et de poussière.
Le cimetière est vide depuis des heures.
Visite-t-on moins les morts en temps de guerre ?
Charlotte part enfin, se retournant une dernière fois.
Comme on peut faire parfois en quittant les vivants.

3

Depuis le 11 novembre 1942, la France est entièrement occupée.
L'ancienne zone libre est partagée entre Allemands et Italiens.
Le département des Alpes-Maritimes dépend des forces italiennes.
Un occupant qui ne pratique pas la politique raciale de son allié.
De nombreux juifs affluent vers Nice et sa région.
C'est quasiment devenu le seul refuge accessible en Europe.
Ici, Charlotte et Alexander semblent protégés.
Mais pour combien de temps?

Ils parlent sans cesse de l'évolution de la guerre.
Est-ce que les Américains vont débarquer?
Charlotte ne supporte plus les spéculations.
Depuis 1933, on espère un avenir meilleur.
Et c'est toujours le pire qui arrive.
Elle veut bien croire en la Libération.
Mais uniquement quand le drapeau américain sera planté ici.

Il y a beaucoup de blancs dans leurs conversations.
Ce sont des mots, jetés ici ou là, dans le désordre.
Est-ce pour cela que l'on s'embrasse?
Pour arrêter le silence?
Aucun des deux n'est capable de faire le premier pas.
Alors, comment cela se passe-t-il?
Progressivement.
Ce n'est pas de l'ordre de la pulsion.
Mais il s'agit d'une sorte d'avancée minutieuse, méthodique.
Ils se parlent en se tenant de plus en plus près.
Si bien qu'un soir leurs lèvres sont collées.

Charlotte est maintenant une jeune femme de vingt-six ans.
En avril, elle fête son anniversaire avec Alexander.

Dans une brocante, il a trouvé un petit cadre.
Il y a disposé un dessin de Charlotte.
Elle est émue par ce geste, simple et beau.

Cela fait des années que personne ne la touche.
Elle ne se rappelle plus vraiment avoir été une femme.
Les moments où Alfred s'agenouillait pour l'embrasser.
Où un homme la désirait, la prenait, la froissait.
Que sont devenus ces instants ?
Sans savoir pourquoi, quelque chose dans son désir la dégoûte.
Elle n'autorise pas l'avancée des pulsions tendres.
Les caresses d'Alexander la brutalisent presque.
Elle le repousse.
Que se passe-t-il ?
Elle ne peut pas répondre.
Il pense être responsable, veut disparaître sur-le-champ.
Comment peut-il se douter qu'elle éprouve aussi du désir ?
Inconsciemment, elle s'interdit tout ce qui prend l'allure d'une envie.

Cela ne dure pas, et elle se laisse aller.
L'instant est trop enivrant.
Charlotte prend la main d'Alexander, la guide.
Sa main immense, incertaine mais puissante.
Elle soupire immédiatement.

4

Faire l'amour devient l'occupation de leurs jours.
Le jardin sauvage accompagne cette errance sensuelle.
Les arbres, la chaleur et les senteurs.

C'est le théâtre idéal de l'abandon.
Cela ressemble sûrement à la naissance d'un monde.
Cette période commence à étourdir Charlotte.
Elle éprouve des vertiges.
Des vertiges différents des autres vertiges.
Est-ce donc cela?
Elle passe sa main sur son ventre.
Demeure figée ainsi, dans la stupéfaction.
Elle ne pensait pas que cela puisse arriver.
Elle a souvent comparé son corps à un rempart.
Sa seule arme pour se protéger.
Il faut croire pourtant que la vie vient de s'infiltrer.
Oui, elle est enceinte.
À vrai dire, ce mot aussi évoque une protection.

Alexander est fou de bonheur.
Il marche sur les mains dans le jardin.
Le monde devrait être aussi simple que lui.
Il ne comprend pas vraiment la réaction de Charlotte.
Elle voudrait lui dire qu'on peut être à la fois heureux et perdu.
Que le désarroi n'est pas incompatible avec le bonheur.
Elle ne cesse de penser à sa mère.
Des sensations qu'elle croyait oubliées ressurgissent.

N'est-ce pas merveilleux? demande Alexander.
...

Il lui faut simplement un peu de temps.
Le temps d'accueillir le bonheur.
Le temps d'admettre qu'elle peut avoir une vie heureuse.
Avec un homme et un enfant.

N'est-ce pas merveilleux? demande à nouveau Alexander.
Oui, c'est merveilleux.

Ils évoquent des prénoms pendant des heures.
Charlotte est certaine que ce sera une fille.
Nina, Anaïs, Erika.
On anticipe la vie.
L'avenir devient un espace concret.
Mais pour Alexander, il y a une priorité.
Il veut qu'ils se marient.
J'ai mes valeurs, dit-il fièrement.
Il doit épouser cette femme enceinte de lui.

5

Moridis et sa femme sont les témoins du mariage.
Ce mot-là, *témoin*, prend ici toute sa force.
Il faut des témoins pour être certain que tout cela est réel.
Pour officialiser un amour.
Le déclarer au grand jour dans un monde où il faut se terrer.
À la mairie, ils donnent leur identité et leur adresse.
Pour pouvoir épouser Charlotte, Alexander se déclare juif.
Alors qu'il avait jusqu'ici de faux papiers.
Pourquoi le font-ils?
Arrive sûrement un moment où l'on ne supporte plus de ne pas exister.

J'ai longtemps cru que ce mariage les avait conduits à leur perte.
Quand je recomposais les éléments, tout concordait.
Mais j'allais découvrir une tout autre version de l'histoire.

Ce mariage n'a donc rien changé à leur destin.
On ne peut pas l'assimiler à une rébellion sociale.
La preuve : Charlotte et Alexander sont restés à L'Ermitage.
Là où tout le monde pouvait les trouver.
Ils se sentent en sécurité, protégés par la présence italienne.
C'est forcément cela.
En sécurité au point de se marier, et de donner leur adresse.

Pourtant, la situation est précaire.
Certains tentent d'aider les juifs à fuir.
L'initiative la plus ambitieuse vient d'Angelo Donati.
Un homme politique italien qui élabore des plans de sauvetage.
Il enchaîne les réunions au Vatican ou avec des ambassadeurs.
Et affrète de nombreux bateaux qui pourront partir vers la Palestine.
Le consul général d'Italie soutient Donati.
Les mesures anti-juives sont toutes annulées.
Les carabiniers italiens protègent la synagogue.
Pour prévenir les descentes de la milice française.
À Nice, Donati est également aidé par le père Marie-Benoît.
Tout cela forme une bulle de protection, solidaire.
Renforçant sûrement l'inconscience d'un jeune couple.

Mais, le 8 septembre 1943, c'est la reddition italienne.
Les Allemands prennent alors le contrôle de la zone.

6

Les juifs doivent et vont payer.
Pour cela, on envoie l'un des pires responsables SS.
Le plus cruel peut-être : Aloïs Brunner.

Sa biographie donne la nausée.
C'est un petit brun aux cheveux crépus.
Extrêmement chétif, son corps paraît tordu.
Avec une épaule plus haute que l'autre.
Son malaise de ne pas correspondre au type aryen renforce sa haine.
Plus qu'un autre, il doit prouver que son sang est pur.
Mais rien à faire, c'est un homme banal.
Son charisme est nul, sa voix ne porte pas.
Pourtant, on ne peut pas l'oublier après l'avoir vu.
Les témoignages sur sa violence, sa perversité sont édifiants.
Brutal, vulgaire, il porte toujours des gants.
De peur d'entrer en contact avec un juif.

*

Après la guerre, il parvient à s'échapper.
Changeant d'identité, il rejoint la Syrie où il trouve protection.
La famille El-Assad fait des affaires avec lui.
Et profite de ses compétences en matière de torture.
Il est finalement démasqué.
On lance à son encontre des mandats internationaux.
Le régime syrien refusera toujours de l'extrader.
Les agents du Mossad rêvent d'agir comme avec Eichmann.
D'enlever Brunner pour qu'il soit jugé en Israël.
Mais il semble impossible de s'infiltrer jusqu'à Damas.
Ils parviennent simplement à envoyer des colis piégés.
Brunner y perd un œil, et les doigts d'une main.
Cela ne l'empêche pas de vivre paisiblement.
En 1987, un journaliste du *Chicago Sun-Times* obtient une interview.
À propos des juifs exterminés, il déclare :
« Tous ceux-là méritaient de mourir.
Parce qu'ils sont les envoyés du diable et des déchets humains. »

Avant d'ajouter : «Si c'était à refaire, je le referais.»

Brunner est probablement mort au milieu des années 1990.

Protégé jusqu'à son dernier souffle.

*

Fort de ses succès en Grèce et à Drancy, Brunner débarque à Nice.

Il installe son quartier général à l'hôtel Excelsior.

Tout près de la gare, il peut y parquer les juifs avant leur déportation.

On trouve maintenant une plaque commémorative devant l'établissement.

La cour intérieure est infranchissable, faisant quasiment office de prison.

Des immeubles l'encerclent.

De leurs appartements, certains Niçois ont été aux premières loges.

Ont assisté au spectacle des exécutions.

Brunner a sûrement été excité à cette idée.

D'avoir un public pour admirer sa barbarie.

Il met sur pied une équipe de quatorze personnes.

Une sorte de commando de chasse aux juifs.

Il pense qu'en allant à la préfecture tout sera simple.

Mais le préfet Chaigneau a détruit les listes administratives.

Il lui dit que les Italiens ont tout emporté en partant.

C'est un mensonge parfait, impossible à vérifier.

Chaigneau sauve ainsi des milliers de personnes.

Fou de rage, Brunner commence sa traque.

Certains fuient, tentent de rejoindre l'Italie par les montagnes.

Si Alexander n'était pas handicapé, ils seraient peut-être partis aussi.

Mais il ne peut pas marcher si longtemps.

Et puis Charlotte est enceinte de quatre mois.

Ils décident donc de rester cachés à L'Ermitage.

La maison est si grande, personne ne remarquera leur présence.

Brunner promet une récompense importante pour tout renseignement.
Dès le lendemain, le courrier afflue à son hôtel.
Des lettres de dénonciations en masse.
Les affaires reprennent.
Il faut débusquer les proies dans leur lit, au réveil.
On voit des vieillards hagards, en pyjama, dans la cour de l'Excelsior.
Certaines femmes arrêtées sont soumises à une évaluation physique.
Si elles sont belles, on les stérilise immédiatement.
On les enverra à l'Est comme prostituées pour les soldats.
Mais ce n'est pas assez, pas assez, pas assez.
Brunner en veut plus, encore et encore.
Il mène des interrogatoires d'une singulière brutalité.
Obligeant les détenus à livrer des membres de leur famille.
Chaque juif compte.
Il apprend qu'un écrivain célèbre réside dans un hôtel de la région.
C'est Tristan Bernard, qui a presque quatre-vingts ans.
À la réception de l'établissement, on proteste, on s'indigne.
Rien à faire, l'écrivain est embarqué avec sa femme.
Direction Nice, puis Drancy.
Où il ne sera libéré que grâce à l'intervention de Guitry et d'Arletty.

7

En Grèce, Brunner est parvenu à déporter presque 50 000 juifs.
Ici, malgré tous les efforts déployés, il est loin du compte.
Il vient tout juste de dépasser les 1 000 arrestations.
Heureusement, les lettres continuent d'affluer.
Il existe encore de bons Français, prêts à rendre service.

Le matin du 21 septembre 1943.
Ce n'est pas une lettre, mais un appel téléphonique.

Une jeune femme...
Juive allemande, dit la voix.
À Villefranche-sur-Mer...
...
Dans une maison appelée L'Ermitage.
L'Ermi... quoi?
L'Ermitage.
Très bien, c'est noté.
Parfait.
Bonne journée à vous, et merci encore.
Je vous en prie, c'est bien normal.

Une dénonciation parmi d'autres.
C'est donc ça.
Une dénonciation sans raison.
Ou alors, il y en a une.
Mais laquelle?
Charlotte et Alexander ne dérangent personne.
Ils vivent en ermites.
Quelqu'un veut-il récupérer la maison?
Non, c'est absurde.
Personne n'a pris possession de L'Ermitage.
Alors quoi?
Il n'y a pas de raison.
C'est ce qu'on appelle étrangement : un acte gratuit.

Kika, la fille du docteur Moridis, évoque l'arrestation.
Soixante-dix ans après les faits.
Elle me dit ce que son père lui a raconté.

Subitement, son mari nous coupe.
Certains savent qui a dénoncé Charlotte Salomon, dit-il.
Je reste stupéfait.
Je l'interroge, alors il précise.
Ce sont des choses qui se disent.
Dans les villes, dans les villages.
C'est comme ça.

Je ne m'attendais pas à ça.
Je ne sais que penser.
C'est une vieille femme qui le dit, précise-t-il.
Enfin, rien n'est sûr.
Elle n'a plus vraiment sa tête.
Si ça se trouve, elle invente.

Je ne peux pas le croire.
Qui inventerait une chose pareille ?

À Villefranche-sur-Mer, il y a des gens qui savent.
Si longtemps après, on chuchote toujours.
Pendant des années, les coupables ont vécu ici.
Comme ils ont vécu partout ailleurs.
La délation n'est pas périssable.
Mais elle s'enfouit.
Aujourd'hui encore, il faut taire ce que chacun sait.

J'y pense souvent depuis.
Aurais-je dû poursuivre l'enquête ?
Trouver le fils ou la fille de celui ou de celle qui a dénoncé ?
Dans quel but ?
Est-ce vraiment si important ?

8

À la nuit tombée, le camion débarque à Villefranche-sur-Mer.
Et s'arrête en plein centre-ville, devant la pharmacie.
Deux Allemands descendent pour se renseigner.
On leur explique poliment le chemin.
Ils repartent en remerciant, ravis de tant d'affabilité.
L'informateur aurait-il pu être imprécis dans l'adresse ?
S'arranger pour vite prévenir Charlotte qu'on la recherche.
A-t-il eu peur ou a-t-il collaboré ?
Voilà des années qu'elle habite ici.
Tout le monde la connaît.
Alors que s'est-il passé dans la tête de cet homme ?
Après tout, elle est un peu bizarre cette fille.
Elle ne parle pas beaucoup.
On ne sait pas ce qu'elle pense.
Non, vraiment.
Un petit interrogatoire ne lui fera pas de mal.
Au pire, ils l'emmèneront quelque part.

Tous feux éteints, le camion se gare sans bruit.
Deux hommes pénètrent de chaque côté du jardin.
Charlotte sort justement de la maison.
Elle tombe nez à nez avec les soldats.
Ils se précipitent sur elle, la saisissent par les bras.
Elle crie de toutes ses forces.
Elle se débat, essaye de fuir.
Un Allemand lui tire violemment les cheveux.
Et lui donne un coup dans le ventre.

Elle dit qu'elle est enceinte, implore la clémence.
Je vous en prie, laissez-moi.
Cela n'a aucune importance pour eux.

Alors que les soldats tentent de la maîtriser, Alexander sort à son tour.
Il veut s'interposer, reprendre Charlotte à l'ennemi.
Mais que faire contre un fusil?
Menacé, il recule de quelques pas, s'adosse au mur.
On explique à Charlotte qu'elle doit prendre quelques affaires.
La tête baissée, elle ne répond pas.
Un Allemand la pousse dans la maison.
Ses jambes ne peuvent pas avancer, elle tombe dans l'herbe.
On la relève brutalement.
Alexander veut réagir, mais une arme est toujours pointée sur lui.
Il comprend qu'ils vont l'emmener, elle.
Et elle seule.
Ils ne s'intéressent pas à lui.
La dénonciation ne porte que sur elle.
Ce n'est pas possible.
Il ne peut pas la laisser partir, avec leur enfant.
Non.
Il regarde alors un des soldats et crie :
Il faut me prendre moi aussi : je suis juif!

Charlotte et Alexander montent au premier étage.
Ils doivent prendre des vêtements.
Elle veut emporter un livre, mais on le lui interdit.
Seulement des habits et une couverture, dépêchez-vous.
Quelques minutes plus tard, ils sont assis à l'arrière du camion.
La voiture s'enfonce dans la nuit.
Brunner va être content.

9

Avec d'autres raflés, ils sont entassés dans la cour de l'hôtel.
Les rumeurs les plus terrifiantes courent.
On entend des cris, des tirs parfois.
Brunner a installé sa salle de torture à côté de sa chambre.
Il lui arrive de se lever en pleine nuit pour aller pisser sur un juif.
De sa fenêtre, il peut voir les capturés.
Il scrute avec plaisir les peurs et les désespoirs.
Mais il sait qu'il faut en même temps tout faire pour les rassurer.
La tranquillité des transferts en dépend.
Personne ne doit deviner la suite du programme.
Pour éviter l'hystérie et les actes de bravoure désespérés.

Brunner, en personne, vient leur parler.
Il prend sa voix la plus affable.
C'est pourtant la même voix qui hurle avant d'abattre de sang-froid.
Il admet qu'il lui arrive de s'énerver avec les récalcitrants.
Mais il ne leur veut aucun mal.
Si chacun y met du sien, tout se passera bien.
Il parle d'un État juif qui vient d'être créé, en Pologne.
Nous allons vous donner des reçus pour votre argent.
Il vous sera restitué sur place.
La grande communauté de Cracovie veillera à votre installation.
Chacun trouvera un emploi conforme à ses goûts.
Qui y croit vraiment?
Tous, peut-être.
Après tout, le père de Charlotte est revenu des camps.
Elle-même a été libérée de Gurs.
Il faut garder espoir.

Au petit matin du cinquième jour, ils doivent partir.
Ils marchent jusqu'à la gare, où un train les attend.
La police française aide les Allemands, veillant à la logistique.
C'est un convoi de plusieurs centaines de personnes.
Une fois qu'ils sont dans le wagon, rien ne bouge.
Pourquoi les ont-ils entassés si c'est pour rester là ?
On attend le feu vert de Brunner.
Peut-être fait-il simplement durer le plaisir.
Chacun commence à étouffer, à avoir soif.
Alexander dit que sa femme est enceinte.
Alors, on fait en sorte de lui laisser une petite place.
Pour qu'elle puisse s'asseoir, les genoux dans le visage.
Personne ne peut l'entendre, mais elle chante en elle.
Une berceuse allemande de son enfance.
Le train démarre enfin, offrant un filet d'air.

10

Le 27 septembre 1943, ils arrivent à Drancy.
Alexander et Charlotte sont aussitôt séparés.
C'est un camp de transit.
La salle d'attente de la mort.

11

Le 7 octobre à quatre heures trente du matin, il faut être prêt.
Chaque déporté doit mettre son nom sur son bagage.

Encore l'illusion d'une future installation domestique.
Pour ne pas ajouter à la panique, les familles sont regroupées.
Charlotte retrouve enfin son mari, le découvrant déjà très affaibli.

Sur le quai, elle observe certains hommes.
Ils sont habillés comme pour un mariage.
Ils sont élégants, se tiennent droits, avec leur valise en main.
Portent des chapeaux qu'ils pourraient ôter au passage d'une femme.
On ne perçoit pas la moindre hystérie.
C'est une forme de politesse dans la déchéance.
Ne surtout pas montrer à l'ennemi le ravage intérieur.
Ne pas lui offrir le plaisir d'un visage supplicié.

C'est le convoi numéro 60.
Dans un wagon de quarante personnes, on en entasse soixante-dix.
Avec tous les bagages, bien sûr.
Dans le wagon, il y a des fous et des vieillards attrapés dans les asiles.
Qui peut croire à un camp de travail ?
Pourquoi prennent-ils les aliénés et les mourants ?
C'est un détail qui ne trompe pas.
Un jeune homme dit : ils vont nous tuer, il faut partir.
Il cherche alors un moyen de s'échapper, veut briser les lattes.
Plusieurs personnes se jettent sur lui pour l'en empêcher.
Les Allemands ont été très clairs sur ce point.
Si on découvre un seul absent, alors tout le wagon sera exécuté.

Le temps passe lentement.
À vrai dire, non, le temps ne passe pas.
Étrangement, une lueur d'espoir apparaît ici ou là.
De très rares et courts moments.
Charlotte se dit qu'elle va retrouver sa famille.

Peut-être même Alfred y est-il déjà.

Comment réagira-t-il en la découvrant mariée et enceinte ?

Elle est surprise, mais c'est son père qui lui manque le plus.

Toutes ces années sans la moindre nouvelle.

Alexander ne peut plus la rassurer.

Heure après heure, il se décompose.

Un ulcère lui ronge l'estomac.

Il paraît presque transparent.

Certaines voix disent : il faut être bien portant.

En arrivant, tenez-vous droit.

Mettez-vous du sang sur les joues.

Au camp de travail, ils ne prendront que les vaillants.

Mais comment l'être après trois jours dans ces conditions ?

Charlotte et Alexander se soutiennent comme ils peuvent.

À chaque arrêt, il se bat pour lui trouver de l'eau.

Elle a tellement peur que le bébé meure.

Il lui arrive de ne plus sentir ses mouvements.

Et puis, subitement, il se manifeste.

On dirait qu'il économise déjà ses forces, lui aussi.

Qu'il débute sa vie comme un survivant.

12

Le train atteint enfin sa destination.

La nuit est noire et glacée.

Comme au départ, les wagons demeurent fermés.

Pourquoi n'ouvrent-ils pas ?

Pourquoi ne pas les laisser respirer ?

Il faut attendre le lever du jour.
Cela dure plus de deux heures.

Chaque déporté descend enfin du train.
Hagard, épuisé, affamé.
La brume matinale empêche de distinguer le camp.
On ne voit même pas les chiens qui aboient.
Tout juste aperçoit-on une inscription au-dessus de la grille d'entrée.
Arbeit Macht Frei.
Le travail rend libre.

Il faut maintenant se mettre en rangs.
Alexander et Charlotte savent qu'ils vont encore être séparés.
Ils profitent de leurs derniers instants ensemble.
Bientôt, on leur dira quel groupe ils doivent rejoindre.
On épargnera certains d'une mort immédiate.
Car ce convoi arrive au lendemain de la fête de Kippour.
Jour où les nazis ont gazé un peu plus qu'à l'ordinaire.
Comme pour marquer le coup.
Alors, il y a beaucoup de places libres dans les baraquements.

La file avance lentement.
Que faut-il dire?
Quelles sont les bonnes réponses?
Charlotte veut expliquer que c'est une erreur.
Elle n'est pas juive.
Cela se voit qu'elle n'est pas juive.
Et puis, elle est enceinte de cinq mois.
Il faut qu'elle se repose dans une clinique.
Ils ne vont pas la laisser comme ça.

C'est à son tour, maintenant.

Finalement, elle ne dit rien.

Un homme lui parle sans même la regarder.

Il lui demande son nom et son prénom.

Sa date de naissance.

Puis, il lui demande ce qu'elle fait comme travail.

Elle répond : dessinatrice.

Il lève alors les yeux, avec mépris.

C'est quoi, dessinatrice?

Je suis peintre, dit-elle.

En la fixant, il remarque enfin qu'elle est enceinte.

Il lui demande si elle attend un bébé.

Elle hoche la tête.

L'homme n'est ni aimable ni désagréable.

Il prend note de l'information, avec banalité.

Et tamponne brutalement sa fiche.

Il indique ensuite à Charlotte le groupe qu'elle doit rejoindre.

Un groupe avec de nombreuses femmes, essentiellement.

Elle avance doucement avec sa valise.

En jetant régulièrement des regards vers Alexander.

C'est à son tour maintenant.

Cela dure moins longtemps.

On lui dit de rejoindre un groupe à l'opposé de celui de sa femme.

Il la cherche du regard en marchant.

Quand il la voit, il lui adresse un petit signe de la main.

Quelques mètres plus tard, il est avalé par la brume.

Charlotte le perd.

Moins de trois mois plus tard, il mourra d'épuisement.

13

Sur le bâtiment, on peut lire qu'on va prendre une douche.
Avant de pénétrer dans les bains, chacune se déshabille.
Il faut mettre ses vêtements sur un crochet.
Une gardienne s'époumone.
Surtout, retenez bien le numéro de votre porte-manteau.
Les femmes mémorisent ce chiffre ultime.
Et entrent dans l'immense salle.
Certaines se tiennent la main.
On ferme alors les portes à double tour, comme dans une prison.

La nudité sous une lumière glacée creuse les corps.
On remarque Charlotte avec son ventre.
Au milieu des autres, elle ne bouge pas.
Elle semble s'extraire du moment.

Pour être là.

ÉPILOGUE

1

En mai 1943, Paula et Albert sont arrêtés aux Pays-Bas.
En tant qu'aides-soignants, ils survivent au camp de Westerbork.
On demande à Albert de stériliser les femmes juives.
Surtout celles issues de mariages mixtes.
Il refuse catégoriquement, puis se ravise.
Il dit avoir besoin de retourner à Amsterdam avec Paula, son assistante.
Pour récupérer ses instruments de travail.
Ils en profitent pour s'enfuir.
Et se cachent jusqu'à la fin de la guerre.

Une fois la paix revenue, ils tentent d'avoir des nouvelles de Charlotte.
Après des mois d'incertitude, ils apprennent sa mort.
Effondrés, Paula et Albert se sentent coupables.
Ils n'auraient jamais dû l'envoyer en France.

En 1947, ils décident de partir sur ses traces.
Pour découvrir le décor de ses dernières années.
Et retrouver Ottilie Moore, qui vient de revenir à L'Ermitage.
L'Américaine raconte ses souvenirs avec Charlotte.

Le déroulement des événements.
Le suicide de la grand-mère.
La terreur exercée par le grand-père.
Et puis le mariage avec Alexander.
Vittoria, la cuisinière, est présente elle aussi.
C'est elle qui avait préparé le repas de la cérémonie.
Elle décrit le menu avec précision.
Et l'atmosphère de cette belle soirée.
Charlotte était heureuse ? demande alors son père.
Oui, je crois, répond Vittoria.
À cet instant, personne n'ose les informer qu'elle était enceinte.
Ils l'apprendront plus tard.

Un autre témoin majeur les rejoint.
C'est le docteur Moridis.
Il semble très ému à l'idée de rencontrer Paula et Albert.
Il parle des moments merveilleux avec Charlotte.
Il évite d'évoquer ses inquiétudes quant à sa santé mentale.
Des visites médicales où il a douté de sa lucidité.
Je l'admirais tellement, ajoute-t-il.
La voix troublée par l'émotion.

Quelques mois auparavant, il avait remis la valise à Ottilie.
L'Américaine part maintenant la chercher.
Moridis répète la phrase prononcée par Charlotte : c'est toute ma vie.
Une vie sous la forme d'une œuvre.
Albert et Paula découvrent *Vie ? ou Théâtre ?*
Le choc est terrible.

Ils entendent la voix de leur petite fille.
Elle est là, avec eux.
Leur Lotte, qu'ils ont perdue depuis des années.

Grâce à elle, les souvenirs respirent à nouveau.
C'est toute leur vie, à eux aussi.
Pendant des heures, ils examinent les dessins.
Ils sont devenus des personnages.
C'est bien la preuve qu'ils ont vécu.

2

Ils retournent à Amsterdam, leur nouvelle ville.
Après une longue hésitation, Ottilie leur a cédé l'œuvre.
Pendant des soirées entières, ils l'analysent.
Certaines parties les font rire, d'autres les offusquent.
C'est la vérité de Charlotte.
Une vérité artistique.
Ils ne pouvaient pas se douter de tout ce qu'elle pensait.
Et certainement pas de son amour démesuré pour Alfred.
Plus tard, Paula dira que cela ne pouvait être qu'un fantasme.
Selon elle, Charlotte et Alfred n'ont pas dû se voir plus de trois fois.
Elle semble ne pas croire qu'ils aient pu se retrouver en cachette.

C'est toute la beauté du projet de Charlotte.
Où est la vie?
Où est le théâtre?
Qui peut connaître la vérité?

Et les années passent ainsi.

Aux Pays-Bas, Paula retrouve des amis du monde culturel.
Elle se remet à chanter, la vie reprend.
De temps à autre, ils montrent les dessins à leurs visiteurs.

Les réactions sont toujours émerveillées et émues.
Un amateur d'art dit qu'il faut organiser une exposition.
Pourquoi n'ont-ils pas eu cette idée avant ?
Ce serait un hommage fabuleux.

Cela prend du temps, et il faut préparer aussi le catalogue.
L'œuvre de Charlotte sera finalement exposée en 1961.

C'est un succès considérable.
Au-delà de l'aspect émotionnel, l'œuvre fascine par son inventivité.
Par l'originalité totale de la forme.
Et des couleurs chaudes qui happent le regard.
La réputation de Charlotte traverse aussitôt les frontières.
Dans les années qui suivent, plusieurs expositions ont lieu.
En Europe, et même aux États-Unis.
Vie ? ou Théâtre ? paraît en livre.
Il sera traduit en plusieurs langues.
Paula et Albert sont interviewés à la télévision.
Ils paraissent gênés et se montrent très touchants devant la caméra.
Ils racontent Charlotte.
Elle est vivante, par leurs mots.
Une équipe de reporters part pour le sud de la France.
Des témoins parlent, telle Marthe Pécher.
Personne ne paraît surpris d'être interrogé à propos de Charlotte.
Plus de vingt ans après son passage.
Comme si tout le monde savait qu'elle deviendrait célèbre.

Mais l'œuvre ne connaît pas longtemps la notoriété qu'elle mérite.
Progressivement, les rétrospectives s'espacent.
Pour devenir rares, trop rares, injustement rares.

Albert et Paula, vieillissants, ne peuvent plus s'occuper de l'héritage.
En 1971, ils décident de tout léguer au Musée juif d'Amsterdam.
La collection y est toujours, sans être exposée en permanence.
La plupart du temps, elle est dans les sous-sols.
En 1976, Albert meurt.
Bien plus tard, en l'an 2000, Paula le rejoint.
Ils reposent tous les deux dans un cimetière près d'Amsterdam.

3

Et Alfred ?

Bénéficiant de l'aide de l'une de ses élèves, il est parvenu à fuir.
En 1940, il rejoint ainsi Londres, ville qu'il ne quittera plus.

Après la guerre, il donne à nouveau des cours.
Très vite, ses méthodes rencontrent un vif succès.
On le considère, on l'écoute, il existe.
Il se remet également à écrire et publie un roman.
Enfin débarrassé de ses angoisses, il traverse les années 1950.
Il n'a plus le sentiment d'être un mort parmi les vivants.
Le passé lui paraît loin, inexistant peut-être.
Et il ne veut plus entendre parler de l'Allemagne.

Grâce à des amis communs, Paula retrouve sa trace.
Elle lui écrit une longue lettre amicale.
Quelle surprise, après tout ce temps.
Dans sa réponse, il l'implore de chanter à nouveau.
Et répète qu'elle est la plus grande.
Mais il ne mentionne pas Charlotte.

Car il se doute du pire.

Quelques mois plus tard, il reçoit une nouvelle lettre.
À vrai dire, non, ce n'est pas une lettre.
Mais le catalogue de l'exposition de Charlotte.
Il y a aussi une brochure avec une notice biographique.
Ce qu'il savait sans le savoir lui est donc confirmé.
Elle est morte en 1943.
Il commence à feuilleter les pages du livre.
Et comprend très vite la dimension autobiographique.
Il voit les dessins de son enfance, sa mère et les anges.
Puis, c'est l'apparition de Paula.
Et...

Alfred se découvre, subitement.
Un dessin.
Deux dessins.
Cent dessins.
En parcourant le livre, il voit son visage partout.
Son visage et ses mots.
Toutes ses théories.
Toutes leurs conversations.
Jamais il n'aurait pensé avoir eu une telle influence.
Charlotte semble obsédée par lui, par leur histoire.
Alfred ressent une brûlure dans tout le corps.
Comme si quelque chose l'attrapait par la nuque.

Il s'allonge sur son canapé.
Et demeure prostré pendant plusieurs jours.

Un an plus tard, en 1962, Alfred meurt.
On le retrouve tout habillé sur son lit.

Il a l'allure d'un homme qui part en voyage.
C'est l'heure de ce rendez-vous qu'il semble connaître.
Cela lui donne un air sage.
Et même une forme de sérénité, ce qui est rare chez lui.
La femme qui le découvre passe une main sur son costume.
Elle sent la présence d'un document au niveau de la poche.
La poche intérieure, près du cœur.
Elle glisse doucement vers elle le papier.
Pour découvrir la brochure d'une exposition.

Celle d'une artiste nommée…

Charlotte Salomon.

PAO : Dominique Guillaumin, Paris.
Achevé d'imprimer
sur Roto-Page
par l'Imprimerie Floch
à Mayenne, le 5 novembre 2014.
Dépôt légal : novembre 2014.
1ᵉʳ dépôt légal : mai 2014.
Numéro d'imprimeur : 87613.
ISBN 978-2-07-014568-3 / Imprimé en France.

280213